KB114688

호감 받고 성공 더! 7

인기영 장편소설

초판 1쇄 찍은 날 § 2017년 9월 7일
초판 1쇄 펴낸 날 § 2017년 9월 14일

지은이 § 인기영
펴낸이 § 서경석

편집책임 § 김경민
편집 § 이종식

펴낸곳 § 도서출판 청어람
등록번호 § 제387-1999-000006호
등록일자 § 1999. 5. 31
어람번호 § 제1-2760호

주소 § 경기도 부천시 부일로 483번길 40 서경B/D 3F (우) 14640
전화 § 032-656-4452 팩스 § 032-656-4453
http://www.chungeoram.com
E-mail § chungeorambook@daum.net

ISBN 979-11-04-91444-7 04810
ISBN 979-11-04-91303-7 (세트)

호감 받고
성공 더!

Contents

김두찬은 말없이 홍근원을 바라봤다.

홍근원은 그 표정에 담긴 감정을 읽을 수가 없었다.

"뭐 하고 싶은 말 있으면 해, 두찬아."

"근원아."

김두찬의 입에서 나직한 음성이 흘러나왔다.

"응?"

"조언 고마워. 네가 무슨 말을 하는지도 잘 알겠어. 그런데 이게 우리 둘이서 얘기하고 끝낼 건 아닌 것 같아. 그럼 로미만 바보 되는 거잖아."

홍근원은 김두찬의 말에 적잖이 놀랐다.

그는 자신이 나서서 이 어설픈 관계를 정리하고 싶었다. 그게 모두에게 좋은 것이라고 믿었다.

한데 그것이 주로미를 무시하게 되는 처사라는 건 생각지 못했다. 그녀의 의사와 상관없이 마음대로 앞일을 재단하려 한 스스로가 부끄러워졌다.

"아… 이거 한 방 먹었네."

홍근원이 뒷목을 벅벅 긁었다.

"미안, 너무 내 생각에만 빠져 있었어. 그런데… 누군가 나서지 않으면 이 애매한 상황이 정리되지 않는다는 사실에는 변함이 없잖아?"

그것도 맞는 말이었다.

주로미는 자기 마음을 김두찬에게 확실히 전하지 못했다.

그렇다고 홍근원의 마음을 받아들이지도 않았다.

결국엔 그녀가 능동적으로 움직이지 않는 이상 아무것도 해결되는 것이 없었다.

그때 화장실에 갔던 주로미가 돌아왔다.

한데 그녀가 대뜸 홍근원을 보며 말했다.

"근원아, 아까 너 나한테 고백했던 기 맞지?"

"으응?"

"……"

생각지도 못했던 돌직구에 홍근원은 물론이고 김두찬까지 굳어버렸다.

홍근원은 이걸 어떻게 대답해야 하나 고민하다가 그냥 고개를 끄덕이고 말았다.

"…응."

"거기에 대해서는 미안하지만 아직 받아들일 수 없을 것 같아. 날 좋아해 주고 여러모로 챙겨주는 건 정말 고마워. 솔직히 아까 네가 많은 사람들 앞에서 고백했을 때는 가슴도 조금 떨렸어. 하지만 그 이상을 바라보기가 쉽지 않아. 무엇보다 나한테는 해결하지 못한 문제가 남아 있다는 거, 알지?"

여태껏 볼 수 없었던 주로미의 모습에 두 남자는 적잖이 놀랐다.

그녀는 이끌기보다는 늘 끌려다니는 쪽이었다.

그래서 대부분 상대방의 기분을 맞춰주려 노력했고, 자신의 의견은 늘 마음속으로 접어두었었다.

그랬던 그녀가 지금은 그 누구도 쉽게 하기 힘든 말을 당당하게 하고 있었다.

"내가 지금 두찬이까지 있는 자리에서 이렇게 얘기하는 건… 우리 셋 다 복잡하게 얽혀 있으니까 그걸 풀고 싶어서 그래. 근원이 너를 창피하게 만들고 싶은 마음은 없었어."

주로미의 말을 홍근원은 이해했다.

어차피 이렇게 대놓고 마음을 표현한 건 홍근원이 먼저 시작한 일이었다.

그가 어깨를 으쓱였다.

"괜찮아. 오히려 이게 더 깔끔하고 좋아. 그래서 일단 나는 차인 거지?"

"…미안."

"내가 멋대로 좋아하고 진짜 매너 없이 고백했는데 미안하기는. 그런 말 하면 더 초라해져. 그리고… 두찬이한테는 미안하다는 말 정식으로 해야겠다."

"나한테?"

"빨리빨리 정리하는 게 맞겠다고 생각해서 벌인 일이지만 치사했어. '내가 로미한테 마음이 있다, 이제부터 내가 전력을 다해 들이댈 거다!'라고 선전포고 하는 식이었으니. 어쩌면 우리 모두 다 같이 화목하자는 건 핑계였을지도. 그 핑계 안에 내 마음을 챙기고 싶었던 건지도 모르겠다."

홍근원이 자조하며 고개를 절레절레 저었다.

"그렇지는 않은 거 같아. 만약 그랬다고 해도… 이해할 수 있어."

주로미의 말에 김두찬도 동의했다.

"나도. 그리고 어쨌든 네가 한 행동이 도화선이 되어서 우리가 이렇게 마음 터놓고 얘기할 기회가 된 거니까 오히려 다

행인 것 같기도 해."

김두찬은 차라리 잘된 거라고 생각했다.

홍근원도 그렇고 주로미도 이대로 가다가는 세 사람의 관계가 망가지지는 않을까 걱정하고 있었다.

김두찬 역시 전보다 소원해진 로미와의 온도 차가 불편했다.

이제 서로 간의 입장을 정리할 시간이다.

"너희 둘이 짰냐? 그렇게 입을 모아 얘기하니까 더 미안해진다. 일단 나는 이 타이밍에서 빠지도록 할게."

홍근원이 기타를 주섬주섬 챙겨서 일어났다.

"가려고?"

주로미가 물었다.

"내 마음은 전했고, 입장 정리도 됐으니 너희들 편하게 얘기하라고. 어차피 저녁에 밴드 연습도 있어서 가봐야 돼. 두찬아, 연락하자. 로미는… 먼저 연락 줘. 편할 때."

"알았어, 근원아. 들어가."

"다음에 보자."

홍근원은 두 사람의 인사를 받으며 카페를 나왔다.

둘만 남은 김두찬과 주로미는 한동안 아무 말 없이 서로를 바라만 봤다.

약간의 어색한 침묵을 먼저 깬 건 주로미였다.

"사실 일이 이렇게까지 될 건 아니었는데… 차라리 잘된 것 같아. 나 근원이를 보면서 깨달은 게 많아."

홍근원은 주로미와 달리 자신의 마음을 표현하는 데 적극적이었다.

늘 소극적인 주로미에게는 그런 홍근원이 부담으로 다가왔다.

불과 얼마 전까지만 해도 그랬다.

주로미는 한 번도 홍근원에게 먼저 연락을 한 적이 없었다.

하지만 홍근원은 지치지도 않고 항상 주로미를 먼저 찾아 주었다.

처음에는 밥 한 끼만 같이 먹자고 했고, 그게 익숙해져 갈 무렵 술 한잔을 같이 나누게 됐다.

딱 거기까지였다.

그 이상은 주로미가 마음을 열지 않았다.

하지만 두 사람의 관계에 발전이 없는 건 아니었다.

홍근원이 끊임없이 대시했고, 어느 순간부터 주로미는 그를 부담스러운 존재로 인지하지 않았다.

처음에는 그가 마음을 전하는 게 거북하기까지 했다.

이걸 어떻게 거절해야 하나, 온통 그 생각밖에 없었다.

그런데 홍근원은 과하지 않게 마음을 전하며 조금씩 거리를 좁혀왔다.

나중에는 '이제 내 마음 받아줄 거지?'라는 말을 농담 반, 진담 반으로 던져도 웃으며 넘길 정도였다.

그리고 오늘.

많은 사람이 모인 자리에서 고백을 하는 홍근원의 모습에 가슴이 조금 떨려왔다.

그때 알게 됐다.

자신에게 필요한 건 바로 저런 적극적인 자세라는 걸.

가만히 있어서는 아무런 일도 일어나지 않는다.

예전에 송하연이 했던 말도 이제야 이해가 갔다.

"사랑은 열매 같은 거야. 잘 익어서 떨어지기 전에 사다리를 타고 따와야 돼. 땅에 떨어지면 여기저기서 다 달려든다고. 무슨 말인지 알죠?"

송하연은 주로미에게 능동적으로 나서서 사랑을 쟁취하라 일렀던 것이었다.

이제 주로미는 더 이상 바보처럼 자기 마음을 숨기고 있지 않기로 했다.

'움직일 거야. 말할 거야. 당당해질 거야.'

그렇게 마음먹고서 용기를 냈다.

이제 김두찬에게 오랫동안 묵혀왔던 마음을 전할 시간이다.

"두찬아. 나 너 좋아해."

"······."

이미 그녀의 마음은 충분히 알고 있었다.

그런데 그녀 입으로 직접 듣고 나니 어떻게 반응해야 할지 알 수 없었다.

아무런 액션도 취하지 않는 김두찬을 보며 주로미가 계속 말을 이었다.

"그렇다고 지금 나랑 사귀어달라는 말은 아니야. 너한테는 미연 씨가 있고 서로 아름다운 사랑 키워가는 중이라는 거 역시 잘 알고 있어. 그래서 몇 번이고 내 마음을 정리하려고 했어. 근데 그게 뜻대로 잘 안 돼. 이렇게 고백하고 나면 이 마음이 더 가벼워질지, 무거워질지 그것도 나는 몰라. 하지만 내 입으로 너한테 말하고 싶었어. 좋아한다고."

"······."

"아무런 말이 없는 건… 내 생각이 맞는 거지? 나 차인 거지?"

김두찬이 테이블 아래에 있는 손을 꽉 말아 쥐었다.

입 밖으로 내놓기 힘든 말이었다.

하지만 주로미가 용기를 낸 만큼 김두찬도 용기를 내서 확실하게 대답해 줄 필요가 있었다.

그것이 주로미에 대한 예의였다.

"미안해, 로미야. 나는… 미연 씨를 사랑해."

사랑해.

그 단어가 향하는 대상이 다른 사람이라는 걸 인지하는 순간 주로미의 눈에 눈물이 왈칵 맺혔다.

하지만 그녀는 겨우 눈물을 참으며 애써 미소 지었다.

"응, 알고 있어."

"용기 내줘서 고마워."

"너도… 용기 내줘서 고마워, 두찬아. 후아아, 조금 후련해졌다."

주로미가 헤헤 하고 웃으며 맺힌 눈물을 닦았다.

"괜찮아……?"

김두찬은 질문을 던지자마자 후회했다.

절대로 괜찮을 리가 없다.

그저 괜찮은 척하려는 것일 뿐.

이 상황이 서로에게 부담으로 다가오지 않도록 하기 위해 그녀는 무리하고 있었다.

주로미는 물음에 대한 대답 대신 화제를 다른 것으로 돌렸다.

"우리 이제 원래 하려던 얘기 해볼까?"

"응?"

"화란 언니 만나고 싶어 했었잖아."

"아아, 그래."

워낙 스펙터클한 상황이 벌어지는 바람에 까맣게 잊고 있었다.

"아까 연락했는데 답장 왔어. 만나는 보겠다고."

"정말?"

"응. 같이 가자. 아, 혹시 나랑 같이 가는 거 불편해?"

"아니, 전혀."

"다행이다."

"너는? 괜찮아?"

"응~ 괜찮아. 고백한 건 한 거고, 네 대답 들었으니까 그걸로 끝이야."

말은 그렇게 했지만 전혀 괜찮지 않았다.

주로미는 김두찬에게 시원하게 차였고 마음 한편이 송곳으로 찌르듯 아팠다.

누군가를 좋아했던 감정이 어찌 한순간에 정리될 수 있을까.

그것은 시간이 해결해 줄 일이었다.

하지만 이번 일이 주로미에게 아픔만 안겨준 건 아니었다.

이번 경험을 그녀는 스스로의 모습을 바꿀 수 있는 계기로 삼았다.

한번 큰일을 치루고 나니 주로미에게서는 더 이상 전과 같은 소극적인 성향이 보이지 않았다.

사람은 쉽게 변할 수 없다는 말이 있다.

하지만 어느 날 갑자기 변하는 것 역시 사람이라는 말도 있다.

둘 다 맞는 얘기다.

쉽게 변할 수 없으나, 어떠한 계기로 인해 갑자기 딴사람이 된 듯 변할 수 있는 게 사람이다.

주로미에게는 오늘이 바로 그 전환점이었다.

주로미는 김두찬에 대한 마음을 그냥 두기로 했다.

정리될 마음이라면 정리가 될 것이고, 그렇지 않다면 힘들어도 스스로 감내해야 할 일이었다.

이미 애인이 있는 사람을 기다린다는 것도 우스운 일이지만, 자신의 감정을 애써 죽이려고 하는 건 더욱 싫었다.

"병원으로 가자, 두찬아."

주로미가 속에서 요동치는 여러 가지 것들을 미소로 감춘 채 몸을 일으켰다.

"응."

김두찬이 주로미를 따라 카페를 나섰다.

＊　　　　＊　　　　＊

두 사람은 김두찬의 밴을 타고 주화란이 입원해 있는 병원으로 향했다.

한참 도로를 누비는 밴 안에서 주로미와 김두찬은 일상적인 대화를 나누며 시간을 보냈다.

매니저 장대찬은 그런 두 사람을 룸미러로 흘끔 보고서는 고개를 갸웃거렸다.

겉보기에는 편안한 친구끼리 담소를 나누는 일상적인 광경이었다. 그런데 뭔가 인위적으로 만들어진 분위기 같은 것이 느껴졌다.

한참 두 사람이 떠들고 있을 때였다.

정미연의 스마트폰에서 벨이 울렸다.

액정을 확인해 보니 발신인이 생소한 번호였다.

"잠깐만, 두찬아. 나 전화."

"응, 편하게 받아."

주로미가 전화를 받았다.

"여보세요."

─실례지만 주로미 씨 전화 맞나요?

"네, 맞아요. 어디시죠?"

─아, 저는 무하 엔티데인먼트 캐스팅 실장 안준형이라고 하는데요. 방송 보고 연락드렸어요.

"아… 네."

이런 전화가 벌써 일곱 통째다.

그녀가 방송을 탄 지 하루밖에 지나지 않았는데 오전부터 이런 전화들이 계속해서 걸려왔다.

연락처를 어떻게 알았는지는 둘째 치고, 자신에게 벌어지는 이런 일 자체가 상당히 낯설고 놀라운 주로미였다.

게다가 무하 엔터테인먼트라고 하면 플레이 인 엔터, 웨이브 엔터와 함께 한국 3대 엔터테인먼트라 알려진 곳 중 하나였다.

플레이 인 엔터가 연기자 중심, 웨이브 엔터가 아이돌 중심의 기획사라면, 무하 엔터테인먼트는 연기자와 아이돌의 비율이 적당히 반씩 나누어진 성향을 띠고 있었다.

─이렇게 불쑥 전화드려서 죄송해요. 무례인 줄 아는데 주로미 씨가 방송에 나오는 모습을 보는 순간 절대 놓쳐선 안 되겠다고 생각했어요. 그래서 혹시 괜찮으시다면 미팅이라도 한번 가져봤으면 하는데, 어떠세요?

주로미는 앞선 여섯 통의 전화를 받으며 이 같은 제안을 전부 거절했었다.

'과연 자기가 그런 쪽에 발을 들여서 잘 해낼 수 있을까?'라는 부담감 때문이었다.

의외로 그녀는 러브콜을 보내는 전화 자체가 싫지는 않았던 것이다.

사실 주로미는 연예계에 관심이 없는 여인은 아니었다.

오히려 그 반대였다.

나름 남자 아이돌도 많이 좋아하고, 여자 걸그룹에 대한 선망이 있었다.

속으로 흠모하거나 존경하는 배우들도 상당히 많았다.

다만 워낙 티를 내고 다니지 않았을 뿐.

연예계라는 건 그녀에게 손에 잡을 수 없는 별천지 같은 곳이었다.

그저 보는 것으로만 만족해야 하는.

하지만 이제는 좋아하는 것이 있다면 조금 더 적극적으로 손을 내밀어 보고 싶었다.

"네, 괜찮아요."

―아! 정말 감사합니다, 로미 씨. 그럼 편하신 날짜와 시간, 장소 알려주시면 맞춰서 찾아뵙도록 하겠습니다. 언제가 좋을까요?

"제가 더 생각 해보고 문자로 넣어드릴게요."

―네. 그럼 기다리겠습니다!

통화가 끝나자 김두찬이 주로미에게 물었다.

"무슨 전화야?"

"연예 기획사에서 보자고 해서, 그러자고 했어."

"연예 기획사?"

"응."

주로미가 고개를 끄덕였고 김두찬은 바로 납득했다.

그녀의 비주얼이라면 방송을 탄 이상 기획사 사람들이 가만둘 리 없기 때문이다.

사실 조금 늦은 감도 있었다.

진주 찾기에 나왔을 때부터 연락이 와야 맞지 않나 싶었다.

하지만 그때는 김두찬의 외모가 너무 부각되는 바람에 상대적으로 주로미가 빛을 발하지 못했었다.

"그쪽 일 해보려고?"

"그냥 어떤지 궁금해서, 일단은 만나서 얘기나 해보려고."

"그래. 네가 하고 싶으면 해야지. 무엇이든."

"그렇게 말해줘서, 고마워."

그때 주로미의 스마트폰에 홍근원으로부터 메시지가 하나 전송되었다.

—연락 기다린다고 해놓고 내가 먼저 연락해서 미안.^^; 조금 전에 봤는데도 돌아서니까 바로 보고 싶어서. 머릿속이 온통 너로 가득 찬 느낌이야. 로미야. 오늘 뜬금포 고백은 정말 당황스러웠지? 그런데 나 너 포기 안 해. 꼭 네 마음 열 거야. 진심이야.

메시지를 확인한 주로미가 맑은 미소를 지었다.

이제는 홍근원의 이런 진심 어린 말들이 조금도 부담스럽지 않았다.

오히려 고마웠다.

더 이상 예전의 주로미는 없었다.

복잡하게 마음을 옥죄던 사랑은 교통 정리가 됐고, 소극적이던 자세는 적극적으로 바뀌었다.

주로미의 내면은 성장했다.

그녀는 더욱 빛나는 사람이 되었다.

김두찬은 주로미를 따라 주화란이 입원한 병원 주차장에 도착했다.

병원까지 오는 동안 주로미는 김두찬에게 몇 가지 이야기를 전해주었다.

우선 주화란은 이미 갑상선암 제거 수술을 받은 상태였다.

방송이 나간 건 최근이지만 촬영을 한 건 이미 한 달 전이었다.

지금은 수술을 무사히 마치고서 회복기에 접어들었다고 한다.

퇴원을 코앞에 두고 있고, 먹을 것도 잘 먹으니 예후가 상당히 좋은 편에 속했다.

김두찬은 주화란에게 줄 선물로 자신의 책을 챙겼다.

언제부터인가 그는 밴에다가 항상 자신의 책을 실고 다녔다.

반가운 사람을 만나거나 누군가에게 선물을 할 때 친필 사인이 담긴 책을 주는 것이 상당히 괜찮았기 때문이다.

김두찬은 튼튼한 쇼핑백에다 '몽중인, 적—레드, 블루, 영웅의 노래 15권 전질, 그래도 해는 뜬다'까지 모두 사인을 해 담았다.

그리고 주화란의 병실을 찾았다.

"언니~ 나 왔어."

주로미가 반갑게 인사하며 병실 안으로 들어섰다.

"왔어?"

주화란이 로미를 맞이한 뒤 바로 뒤따라 온 김두찬에게 시선을 돌렸다.

김두찬을 처음 본 주화란의 얼굴에 뭐라 형언할 수 없는 표정이 자리했다.

그녀는 지금 만감이 교차하는 중이었다.

김두찬은 주화란이 유일하게 경외했던 작가였다.

글을 써내는 스피드부터 퀄리티, 재미까지 어느 것 하나 부족한 게 없는 완벽한 작가가 바로 그였다.

그렇기에 기회가 된다면 꼭 한번 만나고 싶었다.

하지만 그것은 자신의 욕심일 뿐.

지금 스스로의 꼴이 어떤지 너무나 잘 알기에 만나는 것만으로도 그에게 폐가 될 것이라 생각했다.

김두찬이 도움을 주고 싶다는 메시지를 보냈을 때는 가슴이 너무 뛰어 터질 뻔했다.

하나 그런 마음을 꾹 누르고서 이를 거절했다.

아마 다시는 이런 기회가 오지 않을 거라고 생각하며 한숨을 삼켰다.

그런데 그 김두찬 작가가 자신을 직접 보러 왔다.

친척 동생인 주로미와 연이 닿아서 말이다.

"안녕하세요, 주화란 작가님. 김두찬이에요. 처음 뵙겠습니다."

김두찬이 공손하게 고개 숙여 인사했다.

그에 주화란도 얼떨떨한 얼굴로 마주 고개 숙이며 꿈꾸듯 몽롱한 음성을 흘렸다.

"네… 저는 텔레비전에서 많이 봤어요. 그런데… 실물이 한 이백오십 배는 더 잘생기셨네요."

"네? 아… 하하."

김두찬이 머쓱해서 웃어넘겼다.

그런 김두찬을 병실에 있는 모든 사람들이 바라봤다.

주화란이 입원해 있는 병실은 6인실이었다.

거기엔 침대 하나를 빼고 전부 환자들이 한 자리씩 차지하고 있었다.

게다가 여자 병실이다 보니 당연히 환자들도 전부 여자였다.

김두찬의 미모에 눈이 가는 건 본능적인 현상이었다.

"김두찬 작가… 대박."

"비현실 친오빠! 나 동영상 봤는데!"

몇몇 환자들은 김두찬을 알아보고 헛숨을 들이켰다.

다인실이라고 해도 병실은 그다지 넓지 않아 그 말들이 김두찬은 물론이고 다른 사람들의 귀에도 고스란히 들렸다.

주로미와 주화란의 어깨가 괜히 으쓱해졌다.

하지만 김두찬은 민망한 마음이 앞서서 못 들은 체하고 주화란에게 쇼핑백을 내밀었다.

"아, 우선 이거 받으세요."

"네? 이게 뭐예요?"

침대 위에 묵직하게 놓인 쇼핑백 안을 들여다본 주화란의 눈이 휘둥그레졌다.

"서, 설마… 김 작가님 책인가요?"

"네. 제가 출간한 책 전질 담아왔어요."

"혹시 사인은……?"

"전부 했어요."

"하아, 이거 꿈 아니겠죠?"

속도 없이 좋아하던 주화란이 불현듯 정신을 차리고서 뺨을 붉혔다.

"죄송해요. 폐 끼치기 싫다고 만나자는 것도 거절한 주제에 주책 맞게……."

"아니에요. 딱딱하기만 했던 메시지보다 지금이 더 좋아요, 저는."

"제가 원래 딱딱한 사람은 아니거든요. 다만 폐가 되는 게 싫을 뿐이죠. 사실 오늘 보자고 한 것도 그 때문이에요. 어떤 도움을 주려는 것인지 모르겠지만 전 이 책 받은 걸로 만족할게요."

"도움을 주고 싶다고 나선 건 저보다는 제 책을 출간하고 있는 출판사 측이에요."

"네? 아띠… 출판사요?"

"네. 출판사 사장님과 이사님께서 주화란 작가님을 대단히 탐내고 계세요."

"말씀은 감사하지만 저는……."

주화란이 차마 말을 끝맺지 못하고서 고개를 떨어뜨렸다.

그런 그녀의 앞에 서류 뭉치 하나가 쑥 나타났다.

"이게 뭐예요?"

"주제넘지만 작가님의 두 번째 소설 '로맨스 7악장'의 흥행 부진 요인을 제 나름대로 분석해 본 거예요. 실례가 안 된다면 읽어주셨으면 해요."

로맨스 7악장이라는 제목이 나옴과 동시에 주화란의 등골이 오싹해졌다.

제대로 망해서 맨바닥에 헤딩을 해버린 작품이었다.

두 번 다시 거들떠보지도 않으리라 마음먹었는데 그 글에 대해 분석해 왔다고 하니 거부감이 들었다.

하지만 자신을 보겠다고 여기까지 와준 사람의 호의를 거절할 수는 없었다.

주화란은 어쩔 수 없이 서류를 받아 읽기 시작했다.

그런데.

'어……?'

총 세 장의 서류를 전부 읽고 난 뒤 주화란은 뭔가에 홀린 듯한 얼굴이 되고 말았다.

"이걸… 작가님께서 분석하셨다고요?"

"네. 어떤가요?"

김두찬이 조심스레 물었다.

주화란은 딩징 대답할 말을 찾지 못했다.

그녀의 머릿속에서 연신 폭죽이 터져 나가는 것 같은 기분이었다.

'말도 안 돼.'

김두찬은 로맨스 7악장의 문제점을 완벽하게 분석했다.

그가 판단한 문제점들만 고쳐도 글의 가치가 수십 배는 업그레이드될 것이 틀림없었다.

그렇다고 김두찬이 글 자체를 뒤집어놓은 건 아니었다.

그가 한 것이라고 해봐야 구성의 재배치, 등장 인물들의 비중 조절, 힘을 더 주어야 할 에피소드와 빼야 할 에피소드 정도를 조절해 놓은 것뿐이었다.

그래서 더 대단했다.

단지 그것만으로 글의 품격을 높여 버렸기 때문이다.

물론 그의 가이드라인을 따라 수정한 완성본이 나와야 제대로 된 평가를 내릴 수 있겠지만, 주화란은 확신했다.

이대로만 수정한다면 훌륭한 개정판이 나올 거라고.

김두찬의 분석은 주화란의 감각적인 부분을 건드리고 있었다.

지금은 잊어버린 예전의 감각.

그녀가 처녀작 '로맨스가 없는 하루'를 집필하던 시절 모두가 천재 로맨스 작가의 등장이라 입을 모아 말했었던 바로 그 감각을 말이다.

즉 김두찬은 자신이 처녀작을 집필할 당시의 주화란이라면, 그 당시의 감각을 그대로 가지고 있었다면, '로맨스 7악장을 어떻게 집필했을까에 중점을 두고 분석을 한 것이다.

"작가님……."

주화란의 입이 겨우 열렸다.

그 안에서 흘러나오는 음성은 상당히 떨리고 있었다.

"이게… 어떻게 가능한 건지 모르겠어요."

주화란은 마치 전성기 시절의 자신이 충고를 해주는 듯한 느낌에 사로잡혔다.

그만큼 김두찬의 가이드라인은 과거 자신의 감각을 꼭 닮아 있었다.

주화란도 처녀작을 냈을 때는 천재라는 소리를 많이 들어왔다.

하지만 진짜 천재는 따로 있었다.

김두찬의 앞에서 주화란은 한없이 작아지는 기분이었다.

"어떻게 이럴 수 있어요?"

도통 이해가 되지 않아 그녀가 물었다.

본인도 못 찾고 있는 과거의 자신을 어떻게 타인이 찾아낼 수 있는 건지 기이할 지경이었다.

그에 김두찬이 미소 지으며 대답했다.

"주화란 작가님의 글을 많이 좋아하니까요."

"…네?"

"작가님의 글을 좋아해서 몇 번이고 읽었더니 그렇게 됐어요."

그 말에 주화란이 부끄러움도 잊고서 입을 쩍 벌렸다.

그녀의 가슴속에서 감동이 폭풍처럼 휘몰아쳤다.

격한 감정을 다스리지 못해 눈에 살짝 눈물이 고일 정도였다.

"제 글을… 좋아한다고요?"

"네."

그건 진심이었다.

하지만 주화란의 글을 몇 번씩이나 읽어봤다는 건 거짓이었다.

김두찬은 주화란의 모든 글들을 정독해서 읽은 뒤 지력의 힘으로 장단점이 무언지를 파악해 냈다.

로맨스가 없는 하루 같은 경우는 장점으로 가득했고, 단점은 거의 찾아볼 수 없을 만큼 미미했다.

단점이 발견되더라도 그건 오히려 장점을 부각시켜 주는 장치의 요소로 존재할 뿐이었다.

하지만 그다음 작품부터는 전작의 장점을 전혀 살리지 못하고 있었다.

그래서 김두찬은 처녀작의 장점들을 기반으로 로맨스 7악장을 분석한 뒤 가이드를 잡은 것이다.

물론 '가이드까지만' 손을 댔기에 주화란의 감각을 흉내 낼 수 있었다.

만약 주화란처럼 소설을 쓰라고 했다면 그건 불가능했을 터였다.

"혹시 전작들의 출판권은 그 악덕 출판사에서 가져오셨나요?"

주화란이 고개를 끄덕였다.

"네."

"잘됐네요. 작가님만 아띠 출판사랑 계약을 하겠다고 하면, 전작들을 손봐서 재출판하는 게 어떨까 싶어요."

"전작들을요?"

"네. 감을 찾으실 때까지 제가 가이드라인을 잡아드릴게요. 물론 이건 전적으로 제 감각이 아닌, 작가님의 감각을 따라간 가이드라인이에요. 로맨스가 없는 하루 이후 흥행 참패를 한 세 작품, 그것들을 수정하는 동안 분명 예전의 감각이 돌아올 거라고 확신해요."

"……."

주화란은 대답이 없었다.

하지만 그녀의 얼굴에서는 어떠한 격동 같은 것이 드러났다.

이를 놓치지 않고 김두친이 밀어붙였다.

"아띠 출판사 측에서는 작가님께 좋은 조건으로 계약을 하겠다고 얘기했어요. 제가 들은 부분만 말씀드리자면 전 작품 세 질을 수정해서 출간하는 조건으로 계약금 1천에 각 권당 기본 사천 부, 초판 인세를 10퍼센트로 잡아준다고 했어요."

"네? 계약금을… 1천만 원이나 준다고요? 선인세가 아니라요?"

선인세는 나중에 줄 돈을 당겨서 주는 개념이다.

반면 계약금은 그것과 상관없이 순수하게 건네주는 돈이다.

"네. 아띠 출판사 측에서는 주화란 작가님을 높이 사고 있어요. 계약을 하면 작가님의 재기를 위해 지원을 아끼지 않을 생각이더라고요."

"아……."

주화란의 입에서 억눌린 탄성이 터져 나왔다.

그녀는 쩍 벌어진 입을 손으로 가렸다.

눈에서는 이미 눈물이 주르륵 흘러내렸다.

그런 주화란의 등을 주로미가 쓸어주었다.

"언니, 이렇게 좋은 기회 자주 오는 거 아니야. 망설이지 말고 계약해. 우리나라 세 손가락 안에 드는 아띠 출판사잖아. 그리고 두찬이가 나설 정도면 믿고 계약해도 돼. 내가 보증할 수 있는 친구야."

그런 주로미를 주화란이 놀라서 바라봤다.

"이 시점에서 뜬금없지만… 로미야, 너 왜 이렇게 말을 잘

해? 갑자기 딴사람 같아."

"나도 오늘 언니처럼 어떠한 기로 앞에 서게 된 날이었고, 변화를 택했거든. 이제 언니 차례야."

주화란이 흘러내리는 눈물을 닦아내며 김두찬에게 물었다.

"어째서… 저한테 이렇게까지 해주시는 거죠? 김두찬 작가님도… 아띠 출판사도……."

김두찬이 전보다 더 짙은 미소를 지으며 대답했다.

"주화란 작가님이까요."

그 말에 주화란의 마음이 확 열렸다.

그것 말고 더 이상의 다른 대답은 필요 없었다.

주화란이라는 사람을 보고서 손을 내밀어 준 이들이다.

이제 다 시든 꽃잎처럼 시들거려 어디에서도 러브콜을 보내지 않았었는데, 그런 그녀에게 기회를 주겠다고 한다.

"주 작가님이 저와 함께 일하고, 아띠 출판사와 계약을 한다고 해서 그게 민폐라고 생각하지 말아줬으면 해요. 아띠 출판사는 작가님 덕을 보고 싶어서 계약하려는 거니까요. 그리고 저는 작가님을 재기시켜서 평생 함께할 수 있는 동료가 되길 바라는 거고요."

"동료… 라고요?"

"네. 지금까지 저는 늘 혼자서 글을 써왔어요. 그런데 이제는 함께할 수 있는 동료들과 같은 작업실에서 집필을 하고 싶어요. 기본적으로는 각자의 글을 쓰다가 가끔씩 공동 집필도 하고, 소설 외의 다른 분야에도 도전해 보고. 그런 걸 같이할 동료가 필요하고, 그중 한 명이 주화란 작가님이었으면 좋겠어요. 물론 그 전에 멋지게 재기부터 해야겠지만."

재기를 위해서는 아띠 출판사와 계약을 하는 게 우선이다.

주화란이 김두찬의 말 속에 담긴 뜻을 알아채고 고개를 끄덕였다.

"그렇게요. 저… 이렇게 많이 엉망이 됐지만… 기회를 준다면 다시 일어서도록 노력해 볼게요."

비로소 주화란의 마음이 열렸다.

"바로 그거예요."

"잘 생각했어, 언니. 축하해!"

김두찬과 주로미가 주화란의 결심을 기쁘게 받아들였다.

주화란의 마음속에서 한동안 잊고 살았던 뜨거운 불길이 다시금 솟구쳤다.

그것은 열정이었다.

비운의 천재 로맨스 작가가 부활의 신호탄을 쏘아 올렸다.

*　　　*　　　*

주화란은 결국 아띠 출판사와 계약을 했다.

김두찬과 만나고 난 다음 날, 병원에서 퇴원을 함과 동시에 계약서에 도장을 찍었다.

계약 조건은 김두찬이 미리 언질했던 내용 그대로였다.

계약금 천만 원은 당일로 그녀의 통장에 입금됐다.

주화란은 그 돈으로 밀렸던 월세와 공과금을 해결했다.

그리고 주로미를 불러 고기를 사 먹었다.

이후부터는 김두찬이 넘겨주고 간 가이드라인에 따라 로맨스 7악장을 수정하는 작업에 매진했다.

자신을 믿어주는 사람들이 있으니 게으름 피울 시간이 없었다.

그녀는 반드시 은혜를 갚으리라 다짐하고 또 다짐했다.

*   *   *

"새집이다!"

으리으리한 집 앞에 서서 김두리가 만세를 불렀다.

7월의 마지막 주 수요일.

김두찬의 가족은 드디어 새집으로 이사를 하게 됐다.

월세나 전세가 아니라 13억을 주고 사들인 집이다.

김두찬은 본인이 아닌 부모님 명의로 집을 구매했다.

그것은 부모님에게 드리는 김두찬의 선물이었다.

대지 200평 위에 지어진 건물은 지하 1층과 지상 2층으로 이루어졌고 건평 50평이었다.

신축 건물인 데다가 외관과 내부 디자인은 모던과 심플, 고풍스러움의 삼중주를 잘 담아냈다.

1층엔 방이 세 개, 화장실이 두 개, 샤워실이 따로 하나 더 있었고 발코니가 달려 있었다.

넓은 거실에는 주방 공간이 독립적으로 나뉘어져 있었는데 환기 시스템도 완벽했고, 아일랜드가 예쁘게 꾸며져 있었다.

2층은 방이 두 개에 화장실이 하나였고 발코니가 있었다.

지하 공간은 20평 정도로 주로 창고로 사용될 것 같았다.

김두찬은 2층의 방 하나를 작업실 겸 서재로 꾸몄다.

부모님은 따로 방을 하나 더 만들어 쉴 땐 편하게 쉬라고 했지만 김두찬은 쉬는 것도 서재에서 할 수 있다고 고개를 저었다.

워낙 방이 넓어 서재에 침대를 들여놓아도 무리가 없을 정도였으니 크게 상관은 없었다.

결국 2층에 남는 방은 김두리가 차지했고, 부모님은 1층의 가장 큰 방을 사용하게 됐다.

나머지 방 중 하나는 황토로 만들어진 황토방이었다.

부모님의 휴식을 책임져 줄 귀한 공간이었다.

마지막 하나 남은 방은 손님방으로 두기로 했다.

그렇게 모든 방의 주인과 용도가 정해졌다.

새집에 입주한 가족들은 하나같이 얼굴에 웃음꽃이 가득 폈다.

크고 으리으리한 보금자리를 얻게 되니 마음도 넉넉해지는 것 같았다.

가족들은 이게 진정한 행복이구나 싶었다.

이제 더는 여한이 없다고 김승진과 심현미는 말했다.

하지만 김두찬의 생각은 달랐다.

그가 그려놓은 가족의 행복은 이제 시작이었다.

*   *   *

주화란과의 일을 추진하게 된 김두찬은 내친김에 공동 집 필을 할 작업실 건물을 마련하기로 했다.

아직 김두찬의 통장에는 20억이 넘는 돈이 들어 있었다.

작업실 하나 마련하는 것쯤 전혀 부담되지 않았다.

당장 이번에 집을 구해준 부동산으로 찾아가 강동수 사장 을 만났다.

그리고 20평 정도 되는 오피스텔을 전세로 알아본다고 전 했다.

강동수는 염려 말고 계시면 좋은 곳 알아봐서 연락드리겠다는 말을 건넸다.

김두찬이 나름 큰손이라는 걸 알았으니 그는 열심히 매물을 찾아 뛸 것이다.

＊　　　＊　　　＊

7월의 마지막 날.

정령신기를 연재한 지는 11일, 유료로 전환한 지는 8일이 지났다.

정령신기는 무료 연재를 단 3일만 하고서 유료로 전환하는 전무후무한 파격 행보를 보였다.

물론 연재 기간은 3일이었으나 매일 10연참을 때렸으니 올라온 글은 30편이나 됐다.

게다가 그 시점에 이미 김두찬 효과로 즐겨찾기는 10만, 평균 조회 수는 20만을 상회하고 있었다.

연재 4일째 되는 날, 유료 연재로 전환하자마자 평균 조회수는 14만으로 떨어졌지만 즐겨찾기는 계속해서 올라갔다.

그 결과 현재는 즐겨찾기 15만, 평균 조회 수는 20만이 나왔다.

정령신기는 영웅의 노래가 세웠던 기록을 다시 갈아치우고 있었다.

그 와중에 김두찬은 일반 소설 오트 퀴진의 집필도 게을리 하지 않았다.

출판사측에서는 이미 새로운 필명으로 책을 내는 것으로 이야기가 되었다.

물론 필명을 사용하고 싶다는 김두찬의 의견을 흔쾌히 받아들인 건 아니었다.

하지만 김두찬이 새로운 도전을 원한다는데 그걸 막아서는 안 된다는 것이 민중식의 의견이었다.

작가가 자유로울 수 있는 집필 환경을 그는 최우선으로 생각했다.

오트 퀴진은 사흘 전 최종 수정 원고가 완성됐고 어제 출판사의 교정도 끝났다.

표지도 이미 만들어둔 터라 인쇄와 배본만을 남겨둔 상황이었다.

배본 예정일은 8월 3일, 목요일이었다.

서로아와 작업한 동화책은 8월 1일 날 배본일이 확정되었다.

과연 두 작품의 성적은 어떨지 벌써부터 기대가 되는 김두찬이었다.

*　　　　*　　　　*

주화란은 며칠 동안 열심히 원고를 수정했다.

먹고 자고 것 외의 모든 시간에 키보드를 두들겼다.

그 노력이 드디어 빛을 발했다.

8월 1일 점심나절.

수정 작업이 끝났다.

주화란은 수정된 원고를 몇 번이고 곱씹어 읽었다.

본인이 보기에는 괜찮았다.

김두찬의 가이드라인을 충실히 따른 결과, 처녀작만큼은 아니지만 그에 상당히 가까워진 감각의 글이 탄생했다.

'보내볼까?'

주화란은 완성된 글을 김두찬에게 보냈다.

김두찬은 주화란의 연락을 받고 바로 수정된 로맨스 7악장을 정독했다.

마지막 페이지까지 모두 읽고 난 김두찬의 입가에 미소가 어렸다.

"됐다."

로맨스가 없는 하루 이후 그와 견줄 수 있을 만한 작품이 드디어 탄생했다.

주화란은 그에 못 미친다고 생각했으나 김두찬이 보기엔 아니었다.

충분히 처녀작만큼의 재미와 가치가 있었다.

김두찬은 주화란에게 전화를 걸어, 본인이 느낀 바를 그대로 전해줬다.

거의 극찬에 가까운 얘기를 듣게 된 주화란은 날아갈 것처럼 기뻐했다.

김두찬이 그녀의 원고를 바로 아띠 출판사에 전송했다.

메일을 바로 확인한 선우동은 원고를 전 직원에게 돌렸고 민중식에게도 넘겨주었다.

아띠 출판사의 직원들 중 시간적 여유가 있는 이들은 전부 주화란의 글을 읽는 데 열중했다.

그리고.

"화아."

"장난 아닌데?"

"이사님, 대박입니다. 무조건 터집니다, 이거."

글을 다 읽은 직원들의 입에서 한마디씩 긍정적인 감상이 흘러나왔다.

선우동과 민중식의 생각 역시 직원들과 다름없었다.

김두찬의 가이드를 따라 주화란이 수정한 로맨스 7악장은 무조건 터져야 마땅한 작품으로 거듭났다.

요즘 가장 주가를 높이고 있는 로맨스계의 여왕 허지나 작가의 뒤를 이을 주자로서 주화란은 손색이 없었다.

아띠 출판사는 바로 로맨스 7악장의 표지 작업에 들어감과 동시에 원고 편집을 시작했다.

배본 예정일은 8월 14일로 정했다.

아울러 표지에는 주화란의 이름과 더불어 김두찬의 이름이 같이 실리게 됐다.

이는 주화란의 요청 때문이었다.

그녀는 로맨스 7악장은 이미 죽은 글이라 여기고 있었다.

한데 그 글을 김두찬이 심폐 소생해서 살려냈다.

김두찬이 없었으면 개정판은 나올 일도 없었다.

때문에 주화란은 이 글이 혼자서 집필한 글이라고 생각하지 않았다.

그래서 김두찬과 출판사 측에 자신의 생각을 밝혔다.

김두찬은 그럴 필요 없다고 했지만 주화란은 물러나지 않았다.

결국 출판사 측에서 중재를 해왔다.

작가 주화란, 도움 김두찬으로 해서 나가면 어떻겠느냐는 얘기였다.

주화란도 거기까지는 양보를 했고 김두찬도 허락했다.

그리하여 책에는 두 사람의 이름이 실리는 쪽으로 합의된 것이다.

어찌 되었든 축포를 쏘아 올릴 만한 성공적인 재기였다.

하지만 김두찬은 거기에서 멈추지 않았다.

그는 당장 주화란의 세 번째 작품 '사랑은 놀이'도 가이드라인을 따기 시작했다.

주화란의 감각을 떠올린 뒤, 스토리텔링 랭크 S의 특전 '파악과 재구성'으로 '사랑은 놀이'의 내용들을 하나하나 분석해 나갔다.

실패했던 세 작품을 빠른 시일 내로 다시 출간하는 것.

그게 김두찬이 세워 놓은 '주화란 재기시키기'의 첫 번째 목표였다.

*　　　*　　　*

8월 7일.

김두찬은 강동수의 중계로 28평 오피스텔에 입주하게 됐다.

오피스텔에는 미리 주문해 두었던 최신형 PC가 다섯 대나 놓였다.

김두찬이 궁극적으로 생각하는 멤버는 서로아를 포함 네 명이고 김두찬까지 치면 다섯 명이다.

물론 서로아는 아직 작업실에 나오기는 어린 나이인 데다가 컴퓨터를 잘 사용할 줄도 모르니, 다섯 대 중 남는 한 대가 그 아이의 몫은 아니었다.

그건 혹시 작업실에 놀러오는 다른 작가를 위해 놓아둔 손님용이었다.

컴퓨터 외에 다른 필수품들도 모두 비치한 뒤, 사람 살 만한 공간이 된 이후에야 김두찬은 주화란을 불러들였다.

그동안 일이 바빠 김두찬은 주화란이 퇴원한 뒤 얼굴을 마주할 기회가 없었다.

오늘, 보름 정도가 지난 뒤에야 다시 보게 된 주화란은 전과 달리 얼굴에 생기가 돌았다.

게다가 훨씬 예뻐졌다.

역시 주로미와 혈연관계 아니랄까 봐 잘 먹고 잘 쉬면서 하고 싶은 일을 하니 죽었던 미모가 다시 피어났다.

김두찬은 그녀에게 자리 하나를 내어주고 앞으로 여기서 작업하라 일렀다.

아울러 지금 살고 있는 골방에서 나와 생활 자체를 오피스텔에서 하는 게 어떻겠느냐 제안했다.

어차피 김두찬은 출퇴근만 할 테니 오피스텔 관리자가 필요한 상황이었다.

즉 오피스텔에서 무료로 머무는 대신 주화란이 오피스텔 관리를 해주는 조건이었다.

주화란은 그게 또 민폐가 되는 게 아닌가 해서 머뭇거렸다.

김두찬은 그런 주화란에게 하나만 물었다.

"솔직하게 대답해 줘요. 좋아요, 싫어요?"

"좋긴 하지만……."

"그럼 앞으로는 좋다, 싫다, 이후의 다른 건 깊게 생각하지 않기로 해요."

주화란은 미소 지으며 고개를 끄덕였다.

그것으로 그녀는 오피스텔의 관리자가 되었다.

*   *   *

김두찬과 서로아가 함께 집필한 동화책 청도의 꿈은 출간된 지 일주일 동안 3만 부가 넘는 판매고를 기록했다.

김두찬이 쓴 이야기와 서로아의 그림이 만나 어마어마한 시너지가 일어난 덕이다.

청도의 꿈은 부모들의 입에서 입으로 소문이 퍼져 나가 그야말로 무서운 속도로 팔려 나가고 있었다.

아이들뿐만 아니라 어른들도 좋아하는 동화책으로도 이름을 올리고 있었다.

아울러 김두찬이 '인기영'이라는 필명으로 집필한 오트 퀴진 역시 현재 1만 부 판매를 코앞에 두고 있었다.

요리를 주제로 한 일반문학 오트 퀴진은 저명한 평론가들에게 연이은 호평을 받으며 글의 가치를 증명했다.

아울러 글 평론가가 아닌 요리 평론가들 역시 오트 퀴진을 찬양했다.

작가가 누구인지는 베일에 싸여 있으나 필시 요식업에 종사한 경험이 있거나, 요리 연구가, 혹은 요리와 관련된 직종에서 일하고 있는 사람일 가능성이 높다고 입을 모아 말했다.

특히 요리 평론가 중 대중적 인기가 가장 많은 이항두 교수는 누구보다 오트 퀴진을 극찬했다.

그는 현재 비양심적인 요리를 만드는 식당을 고발하는 프로그램의 자문 의원으로도 활약하고 있었다.

항상 변장을 하고 식당에 들어가 그 집 음식을 먹어본 뒤, 신랄한 비평을 하는 것으로 유명했다.

어떨 때는 비평이 아닌 비판의 수준으로 넘어갈 만큼 말이 좀 셌는데, 그게 인기몰이의 비결이 될 줄은 이항두 스스로도 몰랐다.

요즘에는 그가 꼭 객관적인 입장에서 공정하게 판단을 하는 건 아니라는 여론도 들끓었으나 바람 앞의 촛불처럼 금방 시들곤 했다.

아무튼 그가 오트 퀴진을 좋게 말해준 건 판매고에도 영향을 끼쳤다.

오트 퀴진은 계속해서 연일 화제에 오르며 청도의 꿈과 함께 신나게 퍼져 나갔다.

당연히 새로운 도전을 했던 김두찬으로서는 기분이 좋아 날아갈 지경이었다.

아울러 출판사 역시 김두찬의 선방에 신이 나 있었다.

비슷한 시기에 출간한 두 작품이 모두 배를 불려주니 매일 매일이 축제 분위기였다.

그 바람에 서로아의 존재도 많은 사람들에게 부각되었다.

백혈병에 걸렸다가 김두찬의 도움으로 건강해진 아이가 은인과 함께 동화책을 출간했다는 사실은 그대로 한 편의 드라마였다.

그 바람에 슬슬 서로아에게 접근해 오는 기획사들이 생겨났다.

CF 광고주들도 서로아를 은근히 노리고 있었다.

그에 김두찬은 어느 기획사에도 가지 말라 조선호에게 부탁한 뒤, 플레이 인과 서로아 사이에 다리를 놓아주었다.

그 덕분에 서로아는 조선호를 보호자 겸 대리인으로 세워 플레이 인과 전속 계약을 맺게 되었다.

서로아의 인생이 청도의 꿈으로 인해 180도 바뀌어 버린 것이다.

모든 것이 계획했던 것 이상으로 잘 풀려가니 김두찬의 기분은 나날이 좋았다.

그리고 8월 14일.

드디어 로맨스 7악장의 개정판이 출간되었다.

[주화란과 합작을 하게 됐습니다. 같은 분야에서 일을 하는 사람으로 사단 영입이 가능하나, 신뢰도가 80이 넘어야 합니다.]

*   *   *

8월 20일, 일요일.

꿀맛 같던 방학 기간이 끝나고 개강을 하루 앞둔 날.

김두찬과 서로아, 조선호, 그리고 주화란은 아띠 출판사 임직원들과 함께 고깃집을 찾았다.

민중식이 아띠 출판사의 매상을 톡톡히 올려준 세 작가들에게 감사의 자리를 마련한 것이다.

모든 사람들이 신나게 먹고 마시며 즐기며 시간이 흐를수록 분위기가 무르익어 갔다.

하지만 주화란은 이런 자리가 영 낯선지 조심스러운 모습이었다.

그런 주화란이 있는 테이블로 김두찬이 다가가 앉았다.

"화란 작가님. 고생 많으셨어요."

"아녜요. 김 작가님이 더 고생 많으셨죠."

"기분이 어때요?"

"모르겠어요. 지금도 꿈꾸는 것 같아요. 저한테 이런 날이 다시 오리라고는 생각도 못 했어요."

"이제는 마음 놓고 받아들이세요. 곧 수정한 세 번째 작품도 출간 앞두고 있잖아요. 그것도 잘될 거예요."

"그럼요. 김 작가님이 가이드 잡아주신 건데요."

"가이드는 가이드일 뿐이에요. 화란 작가님께서 멋지게 수정해 주신 덕분에 지금 이 모든 것들이 가능해진 거라고 생각해요."

"감사해요, 작가님. 제가 정말 작가님한테 많은 도움을 받았어요. 어떻게 다 보답해야 할지……."

"제가 처음에 말했던 거 기억해요?"

"네?"

"동료가 되어달라고요."

"아… 그럼요!"

"그거면 됩니다."

김두찬이 활짝 미소 지었다.

그 미소를 보는 주화란의 얼굴에도 미소가 어렸다.

동시에 김두찬의 눈앞에 시스템 메시지가 나타났다.

[주화란의 신뢰도가 80을 넘었습니다. 주화란을 김두찬 님의

사단으로 영입할 수 있습니다. 그녀를 사단으로 인정하시겠습니까? YES/NO]

김두찬은 망설임 없이 YES를 선택했다.

[주화란은 김두찬 님의 사단이 되었습니다. 그녀는 절대로 김두찬 님을 배신하지 않을 겁니다.]
[김두찬 사단을 만들어라: 2/4—서로아, 주화란]
[보너스 보상: 로나의 복귀]

천재 로맨스 작가는 부활했고 로나와 만날 날은 한 걸음 더 가까워졌다.

Liking 66

맛있는 식당

요즘 요식업계에는 무섭게 퍼지는 이야기가 하나 있었다.

'식당의 흥망은 이항두에게 있다.'

이항두는 국내에서 저명한 맛 칼럼니스트이자 대한민국 제일이라는 한국대학교의 교수였다.

아울러 오트 퀴진을 극찬했던 사람이기도 했다.

그는 맛 칼럼니스트로 30년이 넘게 활동을 해왔다.

이미 중학교에 들어갈 무렵 이항두는 자신의 진로를 요리와 관련된 분야로 정하고 달려 나갔다.

빠른 진로의 선택은 그를 행동하게 만들었다.

항상 맛있는 것을 찾아다니며 스스로 만들어보고 연구했다.

어디 식당에 가서 처음으로 맛보는 음식이라도 나오면 주방에 찾아 들어갔다.

그리고 주방장을 달달 볶든, 농을 쳐서 친해지든, 그것도 안 되면 매일같이 식당으로 출근 도장을 찍어 친분을 쌓든 해서 비밀을 알아냈다.

그렇게 살다 보니 학교 성적은 좋은 편이 아니었지만 어느 순간부터 요식업계에 이항두라는 이름이 퍼지기 시작했다.

신장개업을 한 식당에 그가 들리면 반드시 흥망을 알 수 있다고 했다.

그가 맛있다고 하면 흥하고, 맛없다고 하면 망했다.

그만큼 혀가 정확했다.

그게 가능했던 건, 이항두가 고급스러운 음식만을 최고로 치지 않았기 때문이다.

이항두는 분식집에 들어가 2,000원짜리 라면을 사 먹어도 맛있게 잘 끓였으면 엄지를 척 올렸다.

입맛이 대중적이었던 것이다.

그렇다고 고급스러운 맛을 잡아내지 못하는 것도 아니다.

그는 전형적인 잡식성을 자랑하는 사람이었다.

때문에 그의 평가에 따라 식당의 운명이 달려 있다는 것이

틀린 말은 아니었다.

그렇게 이항두에 대한 소문은 빠르게 퍼졌다.

고등학교 3학년 무렵에는 그가 사는 도시에서 신장개업을 하는 식당들이 무던히도 그를 불러댔다.

그러고는 이항두에게 음식을 무료로 대접한 뒤 평가를 들려달라 할 정도였다.

이항두가 맛있다고 하면 걱정 없이 밀고 나갔다.

반대로 맛없다고 하면 바로 레시피 연구에 들어갔다.

그렇게 요식업계의 풍운아가 되어버린 이항두는 대학도 요식 관련 학과를 선택해 들어갔다.

유명한 학교는 아니었지만 자기가 원하는 것을 공부할 수 있다는 사실이 즐거웠다.

대학을 졸업한 다음에는 바로 분식집을 하나 차렸다.

이름은 '항두 분식.'

이항두의 집안이 대부호는 아니더라도 생계에 걱정 없이 살아온 중산층이었다.

아들에게 식당 하나 내어주는 건 어렵지 않았다.

이항두는 자신의 이름을 걸고 론칭한 식당이니만큼 그것을 운영하는 데 열과 성을 다 쏟았다.

항두 분식에서는 저렴한 가격에 각종 분식부터 제육덮밥이나 김치찌개 같은 식사도 판매를 했다.

가격 대비 양이 넉넉한 데다 맛까지 있으니 항두 분식은 초대박을 치게 됐다.

이후 이항두는 항두 분식을 프랜차이즈화시켰고, 그것은 곧 사방으로 퍼져 나갔다.

지금에 와서는 '항두 분식'이 거의 교회만큼이나 많이 보일 정도로 전국 각지에 자리하고 있었다.

이항두는 항두 분식의 성공으로 떼돈을 벌었고 후에는 한국대학 식품조리학과 교수로도 임용이 됐다.

아울러 음식과 관련한 칼럼들을 왕성하게 써나갔다.

문학에도 제법 조예가 있어 그의 이름으로 출간된 책이 다섯 권이나 됐다.

하지만 그런 그를 스타덤에 올린 건 칼럼도, 책도, 교수라는 직책도, 항두 분식도 아니었다.

요즘 한창 인기리에 방영 중인 '맛있는 식당'이라는 프로그램이 그를 스타 맛 칼럼니스트로 만들어주었다.

맛있는 식당은 요식업 관계자들이 소문난 식당에 잠입해 맛을 보고 평가를 내리는 프로그램이다. 그중에서 가장 맛있다고 여겨지는 식당에는 기념패를 수여해 주었다.

여러 칼럼니스트들이 식당의 요리를 평가하는데 그중에서도 가장 화제가 되는 건 이항두였다.

그의 혀에서 튀어나오는 독설들은 자극적인 MSG처럼 프로그램의 재미를 살렸다.

그리고 시청자들은 그의 독설을 재미있어했다.

간혹 미간이 찌푸려질 때도 있지만, 그럼에도 보게 되는 묘미가 있었다.

아무튼 이항두의 이름값은 이제 무시 못 할 만큼 거대해져 있었다.

그의 혀가 정확하다는 건 이미 오래전부터 정평이 난 사실이었다.

때문에 별로 인기 없던 식당이 이항두가 다녀간 뒤, '맛있었다'는 리뷰를 해버리면 다음 날부터 인기몰이를 하곤 했다.

반대로 이항두가 맛없다고 평한 식당은 점차 손님이 빠져 파리가 날리거나 매상이 줄기 일쑤였다.

물론 모든 경우가 다 그런 건 아니지만 대부분이 그러했다.

때문에 요식업계에 '식당의 흥망은 이항두에게 있다'는 말이 번지고 있는 것이다.

얼마 전 맛있는 식당에서는 부대찌개 특집 편을 준비했다.

기획부터 촬영, 그리고 편집까지 넉넉하게 한 달 이상 공을 들여야 하니 미리부터 소문난 부대찌개 집을 바삐 돌아다녔다.

그중에는 김두찬의 부모님이 하고 있는 부대찌개닭도 포함되어 있었다.

일전에 김두찬이 민중식, 선우동과 함께 부대찌개닭에서 식사를 할 때, 자꾸만 음식에 대해 평가를 하는 듯했던 무리가 바로 이항두 일행이었다.

당시 이항두는 카메라 안경을 착용한 피디와 한식 대가 둘을 대동하고서 식당을 찾았었다.

부대찌개를 신중하게 맛본 그는 식당에서 나와 바로 인터뷰를 땄다.

당시 그가 했던 말은 이랬다.

"상당히 맛이 있습니다. 지금 여기가 마지막으로 들른 부대찌개 집인데, 제 생각에는 가장 맛있는 집이 아닐까 싶습니다. 솔직히 이 집 부대찌개 먹고 나니 다른 부대찌개 집에서 맛본 건 전부 음식물 쓰레기 같다는 생각이 들 정도입니다."

이항두는 다른 식당을 폄하할 만큼 부대찌개닭에서 먹은 부대찌개를 극찬했다.

때문에 그가 한 인터뷰가 방송을 타게 된다면 부대찌개닭은 지금보다 더 호황을 누리게 될 터였다.

물론 부대찌개닭의 상호는 가려지고 위치 역시 알려주지 않는다.

하지만 네티즌들은 얼마든지 그곳이 어디인지 알아내는 재주가 있었다.

방송이 나가면 네티즌들은 이번에도 모자이크 처리된 맛집이 어딘지 찾아낼 것이다.

늘 그랬듯이.

＊　　　＊　　　＊

KBC 시사/교양국에서 근무 중인 현장주 피디는 한밤중까지 편집실에 틀어박혀 있었다.

"흐아아암~"

자꾸 감기는 눈에 억지로 힘을 주고서 커피를 한 모금 마셨다.

그러고는 다시 모니터에 떠 있는 영상에 집중했다.

모니터에는 부대찌개닭에서 식사를 하고 그 맛을 극찬 중인 이항두의 모습이 흘러나오고 있었다.

현장주 피디가 편집 중인 건 맛있는 식당의 촬영 영상이었다.

그가 바로 맛있는 식당의 담당 피디였던 것이다.

"그나저나 이 정도면 이 교수가 근래 평가한 맛집 중 단연 최고 수준인데?"

현장주는 이항두의 입맛이 얼마나 까다로운지 잘 알고 있다.

맛있는 건 확실히 맛있다고 하지만 자신의 기준에 못 미치면 차마 듣기 힘든 독설을 쏟아냈다.

사실 이항두의 맛있다는 기준이 처음부터 높았던 건 아니었다.

한데, 방송에 출연하며 독설로 인기를 얻다 보니 스스로 점점 기준을 높여 버린 케이스였다.

"자극적인 것도 좋지만 이제 슬슬 위험 수위인데……."

갈수록 이항두에 대한 불신의 목소리와 이런저런 루머들이 나돌고 있었다.

물론 이항두를 신뢰하는 이들이 많아 그런 소수의 의견은 금방 묻혔다.

하지만 현장주는 알고 있었다.

그 루머들 중 70퍼센트 이상은 사실이라는 걸.

이항두 교수는 언젠가부터 맛에 대해 사심 섞인 평가를 하고 있었다.

즉, 식당 주인이 자신을 대접해 주면 맛이 있는 집이고 대접해 주지 않으면 맛이 없는 집으로 낙인찍어 버렸다.

"조만간 주의 좀 줘야지. 스타병도 이런 식으로 걸리면 인생 조지지."

말은 그렇게 하지만 현장주는 절대 이항두에게 충고할 수 없는 입장이었다.

맛있는 식당의 시청률을 책임지고 있는 것이 이항두이니

만큼 그가 갑이었다.

결국 현장주는 홀로 푸념만 늘어놓을 뿐이었다.

탁. 타탁. 탁.

편집실 내부에 현장주가 키보드를 두들기는 소리만 간헐적으로 들려왔다.

벌컥!

한참 영상을 돌려보던 와중 갑자기 문이 벌컥 열렸다.

"아이 씨, 어떤 새끼야!"

소리를 버럭 지르며 돌아보는 순간 현장주의 표정이 확 풀어졌다.

열린 문 너머에는 송하연 작가가 브이 자를 그리고서 서 있었다.

"하연이 새끼야."

"송 작가, 여기 어쩐 일이야?"

"오늘 같이 저녁 먹기로 했잖아."

"응? 그건 저녁에……."

"지금이 저녁인데."

"어? 아, 그러네."

그제야 시간을 확인한 현장주가 머리를 벅벅 긁었다.

두 사람은 송하연이 시사/교양국에 잠시 있을 때 가까워졌다.

서로 동갑인 데다 싱글이라는 교집합 덕분인지 금방 친해진 두 사람은 송하연이 예능국으로 복귀한 다음에도 종종 만나 밥을 먹거나 술을 나눴다.

　"나가자. …어?"

　현장주를 끌고 나가려던 송하연의 시선이 모니터로 향했다.

　봉고차에 타서 인터뷰를 하고 있는 이항두의 모습이 담겨 있었다.

　그런데 봉고차 유리창 너머로 익숙한 식당이 보였다.

　"저기 부대찌개닭 아니야?"

　송하연의 물음에 현장주가 고개를 끄덕였다.

　"어, 맞아. 알아?"

　"진주 찾기에서 김두찬 작가 취재했었잖아."

　"아아, 부대찌개닭이 김두찬 작가 부모님이 하는 곳이었지."

　"응. 이야~ 이항두 아저씨 극찬을 하네? 인터뷰 처음부터 보여줘."

　"왜?"

　"어서."

　현장주가 인터뷰를 첫 부분으로 돌렸다.

　그러자 송하연이 스마트폰을 꺼내 그것을 녹화하기 시작했다.

　"뭐 하냐?"

"김두찬 작가가 보여주려고. 엄청 좋아하겠다."

"야야, 외부 유출 안 돼! 이게 왜 이래? 초짜처럼."

"김두찬 작가만 보여줄게. 이거 방송 언제야?"

"보름 후. 아니, 파일 보내지 말라니까."

"안 보내. 만나서 보여주고 지울게. 마침 김 작가 만날 일도 좀 있었고."

"부탁이니까 나 정장 입는 일 없게 해주라."

"알았어, 알았어."

결국 송하연은 이항두의 인터뷰 장면을 전부 녹화했다.

"그럼 가자. 뭐 사 줄 거야?"

"당연히 내가 살 것처럼 말하네."

"얻어먹고 싶었으면 네가 예능국으로 찾아왔어야지."

"졌다. 고기나 먹자."

"콜."

두 사람은 편집실에서 나와 터덜터덜 복도를 걸었다.

＊　　　　＊　　　　＊

이항두는 한 달하고도 보름 전 먹었던 부대찌개의 맛을 잊을 수가 없었다.

이렇게 더운 날은 부대찌개보단 시원한 냉면이나 밀면, 막

국수 같은 음식을 선호하는 그였다.

그런데 그 부대찌개는 무슨 마법을 부린 건지 땡볕에 쪄 죽을 판인데도 계속 입이 동했다.

결국 호시탐탐 기회를 노리던 이항두가 스케줄이 적은 날을 골라 부대찌개닭으로 향했다.

요즘 여러 프로그램에 출연하는 데다 칼럼도 쓰랴, 대학 강의에 이곳저곳 초청 강의를 하다 보니 몸이 열 개라도 모자랐다.

해서 스케줄이 없는 날이 없었고, 상대적으로 적은 날만 간혹 있었다.

그게 오늘이었다.

이항두를 태운 밴이 목적지를 향해 부지런히 달렸다.

이항두는 뒷좌석에 앉아 오트 퀴진을 읽으며 고개를 주억거렸다.

"정말 맛깔나게 썼단 말이지. 최고야, 최고."

이미 그는 오트 퀴진을 다섯 번이나 읽었다.

이번이 여섯 번째 정독이다.

그가 책을 삼분의 일 정도 읽었을 때 밴은 목적지에 도착했다.

한데 부대찌개닭 앞엔 기다리는 줄이 한가득이었다.

웨이팅이 기본 30분은 걸릴 듯했다.

밴에서 내린 이항두가 훤히 벗겨진 머리에 줄줄 흐르는 땀을 손수건으로 닦았다.

'저걸 언제 기다려.'

그에게 주어진 여유라고는 1시간이 고작이다.

그런데 저 줄을 다 기다렸다가는 부대찌개를 먹지 못할 공산이 컸다.

포장을 해갈까도 생각해 봤지만, 이내 고개를 저었다.

'집으로 포장해 가면 식당에서 먹는 그 맛이 나지를 않아.'

결국 이항두는 줄을 무시하고 그냥 들어가기로 했다.

잠행 취재를 할 때에야 정체가 발각되면 안 되니 저 긴 줄을 기다렸다 들어갔다지만, 지금은 아니었다.

자신이 누구인가?

이항두다.

요식업계에서 이항두에게 미운 살이 박히면 그 순간 식당의 매출은 대폭 감소한다.

때문에 이런 경우 막무가내로 들어가 자신이 이항두임을 밝히면 어떻게든 자리를 만들어주었다.

예약을 받는 식당의 경우 미리 예약을 했던 손님인 척 자리를 내어주었다.

예약 손님을 안 받는 식당은 홀이 아닌 다른 공간에다 따로 테이블을 마련해 주곤 했다.

이항두에게 잘못 보이는 순간 어찌 되는지를 익히 알고 있기 때문이다.

이항두가 부대찌개닭의 홀 안으로 들어갔다.

그러자 아르바이트생이 다가와 그를 만류했다.

"손님, 죄송한데 줄을 서주셔야……."

이항두가 아르바이트생의 말을 잘랐다.

"아아, 알바생인가? 됐고. 사장 좀 부르지."

"사장님을요?"

"사장님이 어디 계시는가?"

이항두가 주변을 둘러보고 있자니 김승진이 후다닥 다가와 물었다.

"손님, 무슨 일이십니까?"

"아, 사장님 되십니까?"

"네, 그렇습니다만… 어쩐 일이신지요?"

"나, 이항두라고 합니다."

김승진이 이항두라는 이름 세 글자를 머릿속으로 곱씹었다.

이내 그는 이항두를 알아봤다.

맛있는 식당의 자문이자 유명한 맛 칼럼니스트, 그리고.

'식당의 흥망은 이항두에게 있다'는 요즘 요식업계 사이에서 돌고 있는 유행어까지 떠올랐다.

"반갑습니다, 이항두 교수님. 그런데 무슨 일이십니까?"

이항두가 목소리를 낮추고 김승진에게 속삭였다.

"다름이 아니라 내가 여기 부대찌개를 한번 먹어봤던 적이 있어요. 근데 정말 맛있었거든. 계속 생각이 나는 거예요. 해서 이걸 다시 먹고 싶은데 도통 시간이 나야지요. 오늘 잠깐 여유가 나는 바람에 여길 왔는데 줄이 너무 기네요. 기다리다 가는 못 먹고 가게 될 것 같아서 부탁 좀 하려고요."

이항두의 얘기를 전부 듣고 난 김승진이 눈을 몇 번 끔뻑거리다가 되물었다.

"그러니까 지금 줄을 서기 싫다고 하시는 거죠?"

"아니, 뭐 꼭 그렇다기보단……."

이항두가 멋쩍게 웃으며 손사래를 치는데 김승진이 딱 잘라 말했다.

"죄송한데 우리 식당은 손님을 봐가면서 특혜를 드리지 않습니다. 나가서 줄 서세요."

*   *   *

식당 밖으로 나온 이항두는 분개했다.

그는 근래 들어 단 한 번도 이런 취급을 당한 적이 없었다.

훤히 벗겨진 그의 대머리가 붉게 달아올랐다.

땀은 전보다 갑절로 흘렀다.

'이런 빌어먹을! 감히 날 홀대해?!'

요식업계에 종사하고 있는 사람이라면 누구라도 자신을 막대할 순 없었다.

이항두는 밴에 올라타자마자 스마트폰으로 현장주 피디에게 전화를 걸었다.

─네, 교수님. 어쩐 일이세요?

현장주가 묻자마자 이항두는 고함을 버럭 질렀다.

"부대찌개닭 인터뷰 다시 따!"

─네? 부대찌개닭 인터뷰를 다시 따다뇨?

"내가 했던 인터뷰 다시 따자고!"

─아니, 그러니까 갑자기 왜… 무슨 일 있었어요?

"인터뷰 잘못했어. 그때 뭔가 착오가 있었어. 절대 맛있는 집이 아니야. 다시 인터뷰하러 와."

그러자 스마트폰 너머로 현장주의 난감한 음성이 들려왔다.

─아… 그건 좀 어려울 것 같은데요.

"뭐가 어려워? 그냥 인터뷰만 다시 따는 건데."

─방송이 내일이에요. 이미 편집 다 끝났고 스탠바이입니다. 여기서 언제 인터뷰를 따고 어떻게 다시 넣습니까.

현장주의 말을 듣고 있자니 이항두의 가슴속에서 불길이 확 하고 터졌다.

"그럼 내 인터뷰 빼고 가!"

─아니, 그렇게 극찬을 하셨는데 그걸 갑자기 왜 빼라고 하시는 거예요?

"글쎄, 빼라면 빼!"

─교수님, 제발 상황 좀 이해시켜 주시고 그런 말씀을 하시면 안 되겠습니까? 이런 식으로 갑자기 변덕 부리면 진짜 힘들어요, 저.

"착오가 있었다고 말했잖나. 그때 내가 뭔가에 홀렸나 봐. 그냥 빼고 가. 내 인터뷰 그대로 나가면 다음부터 촬영 안 할 테니 그리 알아."

결국 이항두가 강수를 꺼내 들었다.

그렇게까지 나오니 현장주는 끝까지 자기 의사를 고집할 수가 없었다.

그가 속으로 욕을 바가지로 하면서 억눌린 음성을 흘렸다.

─네… 알겠어요. 교수님 인터뷰 빼고 갈게요.

"부탁할게. 본방 시청할 거야."

─네네.

말은 부탁한다고 했지만 거의 협박에 가까웠다.

현장주 피디와 통화가 끝난 뒤, 이항두는 자신의 SNS에 접속했다.

그리고 부대찌개닭에 대한 비방에 가까운 글을 빠르게 적어 올렸다.

"다시는 요식업계에 발도 들이지 못하게 해주겠어."

＊　　　　＊　　　　＊

드디어 몽중인의 크랭크인 날짜가 정해졌다.

9월 11일, 셋째 주 월요일이다.

그전에 중요 제작자와 메인 배우들 간의 회식 자리를 예몽진 감독이 잡아두었다.

영화라는 작업은 함께 몇 달간 고생해야 하는 작업이니만큼 서로간의 단합이 중요했다.

때문에 미리 친분을 다져두는 게 좋았다.

김두찬도 이 자리에 초대를 받았다.

회식 날은 9월 9일 토요일.

오늘이 9월 5일이니 이제 4일밖에 남지 않았다.

김두찬은 그동안 영화에 캐스팅된 배우들과 한 번도 만나본 적이 없었다.

개인 스케줄이 바빴고, 배우들 역시 영화에 들어가기 전 각자의 일을 정리할 시간이 필요했기에 제대로 모일 수 있는 기회가 없었다.

'배우들을 직접 만나면 어떤 기분일까?'

작업실로 향하는 밴 안에서 김두찬은 생각했다.

그동안 그는 촬영 일을 하면서 몇몇 연예인들을 실제로 보긴 했지만 대부분이 아이돌이나 모델 출신, 혹은 예능인이 전부였다.

오랜 내공으로 다져진 연기파 배우들을 만나본 적은 없었다.

그런 이들과 함께할 회식 자리를 떠올리니 벌써부터 가슴이 두근거렸다.

"작가님! 다 왔습니다!"

오피스텔 건물 지하 주차장에 차를 멈춘 장대찬이 크게 외쳤다.

"고마워요, 매니저님. 이따 돌아갈 때 연락드릴게요. 쉬고 계세요."

"네! 일 보세요."

장대찬의 씩씩한 대답을 들으며 김두찬은 밴에서 내렸다.

*   *   *

김두찬이 작업실에 들어가니 사위가 정적에 휩싸인 와중 타탁타탁 키보드 두들기는 소리만 요란했다.

주화란은 김두찬이 들어온 것도 모른 채 집필에만 전념하고 있었다.

바로 옆으로 다가가도 김두찬의 존재를 인지 못 했다.

귀에다 이어폰을 꽂고 있는 것도 아니었다.

그게 주화란의 특징이었다.

그녀는 한번 글에 집중하면 주변과 완전히 단절되어 버리곤 했다.

톡톡.

결국 김두찬이 어깨를 살짝 두들기고 나서야 그녀의 정신이 현실로 돌아올 수 있었다.

"아! 작가님, 언제 오셨어요?"

"방금요. 제가 방해했나요?"

"아뇨, 아뇨! 마침 좀 쉬려던 참이었어요."

"신작 집필은 잘 되어가요?"

김두찬의 물음에 주화란이 자신 있게 말했다.

"재미있어요."

가장 마음에 드는 대답이었다.

주화란은 김두찬의 가이드에 따라 망해 버린 작품 세 개를 전부 리메이크해서 내놓았다.

리메이크 작품들은 하나같이 높은 판매고를 올리며 주화란이라는 이름을 다시 세상에 알렸다.

아울러 여태껏 잊고 살았던 그녀의 감각을 되찾아주었다.

감각이 돌아오니 자신감도 차올랐다.

또한 재미있는 신작을 쓰고 싶다는 열망도 타올랐다.

그래서 8월 말부터 신작 집필에 들어간 것이다.

그녀는 지금 신작의 집필을 거의 마무리한 단계다.

로맨스 소설이기 때문에 단권으로 출간될 예정이지만 그렇다고 해도 거의 일주일 만에 한 권을 써버린 것이니 대단하다 할 만했다.

사실 주화란은 이렇게까지 손이 빠른 작가는 아니었다.

그게 가능했던 건 다 김두찬 덕분이었다.

주화란은 김두찬과 한 작업실에서 일을 한다.

때문에 작업 스타일을 엿볼 수 있는 대상이 김두찬밖에 없었다.

그를 보고 있노라면 과연 사람인가 싶을 정도로 글을 빠르게 뽑아냈다.

그럼에도 퀄리티가 무너지지 않았다.

주화란은 김두찬을 본받아야겠다 마음먹고 열심히 노력했다.

그 결과가 일주일에 한 권으로 나타난 것이다.

다른 사람들이 들으면 대단하다고 혀를 내두를 일이었으나, 김두찬을 보고 사는 그녀로서는 퍽 대단한 일이라 여겨지지 않았다.

아직도 자기 손이 느리다고 생각될 뿐이었다.

"오늘 내일 중으로 마무리될 것 같아요."

"완성되면 보여주세요."

"그럼요. 가장 먼저 보여 드릴게요. 벌써부터 두근거리네요."

주화란의 두근거림은 두려움에서 기인하는 것이 아니었다.

자신의 글을 타인이 얼마나 재미있게 읽을지에 대한 기대감에서 오는 것이었다.

그만큼 이번 신작은 자신 있었다.

단언컨대, 주화란 스스로 이전에 썼던 다른 작품들보다 뛰어나다고 말할 수 있을 정도였다.

그런 생각을 하고 있자니 문득 김두찬에게 고마운 마음이 이는 주화란이었다.

"제가 이렇게 재기할 수 있었던 건 다 작가님 덕분이에요. 고마워요."

"아유, 그 말 그만해요. 벌써 백 번도 넘게 들었네. 귀에 딱지 앉겠어요."

김두찬은 주화란에게 이런 이야기를 들을 때마다 민망했다.

하지만 주화란은 그러거나 말거나 툭하면 고마운 마음을 김두찬에게 전했다.

"진짜 영혼이 죽어가던 사람 한 명 살린 거예요. 제가 글을 쓰지 않고 다른 일을 했다면 어땠을 것 같아요? 몸뚱이는 살아가지만 내 영혼은 죽어버렸을 거예요. 그런 삶은 의미가 없어요."

"하고 싶은 일을 하면서 산다는 게 쉬운 건 아니죠."

"그런 의미에서 작가님이랑 저는 정말 행복한 사람인 것 같아요."

"맞아요. 여러모로… 감사하고 살아야겠죠."

김두찬은 '특히, 로나한테'라는 말을 속으로 삼켰다.

현재 김두찬은 서로아와 주화란 두 명의 동료를 사단으로 영입했다.

퀘스트 클리어까지 남은 사람은 두 명.

그런데 이 두 명을 구하기가 여간 어려운 게 아니었다.

김두찬의 마음에 들 만큼 눈에 확 들어오는 인재가 없었다.

만약 로나를 빨리 복귀시키기 위해 아무나 영입했다가는 평생토록 김두찬의 마음이 불편할 것 같았다.

그리고 이번 퀘스트의 목적 자체가 평생 함께할 수 있는 동료를 만드는 것이다.

김두찬의 마음을 의지할 수 있는 동료 말이다.

그렇기 때문에 더더욱 아무나 영입할 수는 없는 노릇이었다.

'내 주변에 누구 없을까……'

그렇게 고민을 하던 와중, 채소다에게서 연락이 왔다.

"소다 누나. 오래간만이네요."

—두찬아! 너 어떻게 이럴 수가 있어!

전화를 받자마자 채소다가 고함을 빽 질렀다.

당황한 김두찬이 눈을 동그랗게 떴다.

"네? 제가 뭘… 했나요?"

—아니! 그 반대야! 아무것도 하지 않았어!

"그게 무슨 말인지……."

—고기! 고기 사 준다고 했던 게 벌써 두 달 전인데 아무것도 하지 않았잖아!

"아."

화가 난 포인트가 그거였구나.

문득 김두찬은 정보의 눈으로 봤던 채소다의 프로필 중 가장 좋아하는 것이 고기라는 게 떠올랐다.

김두찬이 킥킥 웃으며 말했다.

"알았어요. 사 줄게요. 오늘 저녁에 볼까요?"

—진짜?

"누나만 시간 된다면요. 그런데 마감 쳐야 하는 거 아니에요?"

—사흘 치 연재분 미리 써놨지롱!

"그러면 오늘 보죠. 맛있는 곳으로 안내할게요."

─정말로?

"네."

─우와, 고마워, 두찬아! 역시 너는 좋은 사람이었어, 헤헤. 아, 이럴 때가 아니지. 나 고기 먹어야 하니까 꽃단장 해야겠다. 그럼 이따 약속 장소랑 시간 정해서 연락 줘!

채소다는 언제 화가 났었냐는 듯 잔뜩 들뜬 목소리로 그렇게 말하고서 전화를 끊었다.

역시 그녀는 김두찬의 주변 사람들 중 가장 단순하고 가장 특이했다.

'음… 그럼 고깃집은 아무래도 거기가 좋겠… 아!'

오늘 저녁에 갈 고깃집에 대해 생각하던 김두찬이 뒤늦게 무언가를 깨달았다.

'있었잖아. 영입할 만한 사람.'

채소다.

지금은 김두찬 때문에 환상서에서 영 기를 못 펴고 있지만 그전까지는 항상 1위를 놓치지 않았던 사람이 바로 그녀다.

현재도 김두찬의 밑으로 항상 서태휘의 글이 따라붙는다.

정령신기가 1위를 놓치지 않는 것처럼 킹카 퀘스트도 2위 자리를 다른 글들에 내어주지 않았다.

'등잔 밑이 어두웠어.'

가장 믿을 만한 사람을 곁에 두고서도 여태 몰라봤다니.

'오늘 만나는 김에 합작에 대해서 운을 띄어봐야겠다.'

이번 퀘스트에서 상대방을 동료로 만들기 위해서는 그와 함께 합작을 해야 한다는 조건이 따라붙는다.

아울러 상대방의 신뢰도가 80을 넘어야 한다.

채소다야 워낙 김두찬의 글을 좋아하는 팬인 만큼 신뢰도는 충분히 80을 넘을 것 같았다.

그러니 합작만 하면 일은 끝난다.

김두찬이 그런 생각에 한참 빠져 있을 때였다.

왠지 얼굴이 따가워 고개를 돌려보니 주화란이 간절한 눈빛을 보내고 있었다.

"왜… 그러세요?"

김두찬이 조심스레 물었다.

"저녁에… 고기 먹으러 가요?"

주화란도 채소다 못지않게 고기를 좋아한다. 아니, 고기라기보다는 먹을 것 자체를 좋아한다.

채소다가 야채는 등한시하고 오로지 고기만을 탐닉하는 육식파라면 주화란은 잡식파다.

그녀가 못 먹는 음식은 세상에 없다고 봐도 좋을 정도였다.

김두찬이 그런 주화란의 식탐을 깜빡했던 것이다.

"네. 아! 작가님도 별일 없으면 같이 가요."

"좋아요!"

주화란의 얼굴이 밝아졌다.

"그럼 그 전까지 열심히 작업해요, 우리."

"네~"

김두찬은 작업실에 들어온 지 한참이 지나서야 컴퓨터 앞에 앉았다.

본체를 부팅시키고 워드 파일을 켰다.

정령신기는 현재 470화까지 연재된 상태였다.

7월 20일 연재를 시작해 단 하루도 쉬지 않고 10연참을 때린 결과였다.

정령신기는 전작 영웅의 노래보다 훨씬 긴 이야기였다.

완결이 나서 책으로 절찬 판매되고 있는 영웅의 노래는 해외 서비스를 준비하는 중이었다.

몽중인과 적 시리즈는 이미 번역 작업이 끝난 상태였다.

두 작품은 이제 일주일 안으로 해외 사이트에서 연재가 시작되며, 책으로도 판매될 것이다.

그것은 전부 출판사에서 알아서 할 일이니 김두찬은 크게 신경 쓰지 않았다.

그는 정령신기의 집필과 성적에만 집중했다.

정령신기는 현재 즐겨찾기가 17만, 평균 조회 수가 24만이었다.

지난 달 10일 김두찬의 통장으로는 60억이 넘는 돈이 입금 됐다.

정령신기가 절정의 인기를 구가하고 있는 데다가 이미 연재 종료된 영웅의 노래도 주기적으로 팔리고 있었기 때문에 가 능한 액수였다.

'시작해 보자.'

김두찬은 손을 풀고 집필을 하려 했다.

그런데.

지이이이잉―

"응?"

정미연에게서 전화가 왔다.

"응, 미연 씨."

―두찬 씨, 이항두라는 자식이랑 뭐 안 좋은 일 있었어요?

"이항두? 아……."

이항두는 오트 퀴진을 극찬한 유명 맛 칼럼니스트였다.

때문에 김두찬은 그 이름을 기억하고 있었다.

"그냥 이름만 알아요. 직접 만난 적은 한 번도 없어요. 왜 그래요?"

―이 거지 발싸개 같은 인간 SNS 들어가 봐요.

김두찬은 바로 인터넷 창에 이항두를 검색한 뒤, 그의 SNS에 접속했다.

그러자 최근 업로드한 글이 크게 떴다.

그것을 읽은 김두찬의 눈동자가 싸늘하게 식었다.

                    *   *   *

"이 인간 미친 거 아냐?"

KBC예능국 회의실에서 인터넷 서핑을 하던 송하연이 벌컥 화를 냈다.

그에 함께 있던 주정군 피디가 물었다.

"왜 그래?"

송하연은 대답 대신 노트북을 휙 돌렸다.

주정군이 모니터를 보니 거기엔 이항두의 SNS가 떠 있었다.

"이 교수? 이 사람 SNS는 왜… 엥?"

주정군은 이항두의 최근 게시물을 읽자마자 눈살을 찌푸렸다.

거기엔 이런 내용이 적혀 있었다.

—부대찌개닭. 김두찬 작가의 반짝 인기에 편승한 식당. 맛이 어떠냐고 묻는다면, 그 집에서 가장 맛있었던 게 물이라고 대답하겠다. 차라리 음식물 쓰레기를 모아 끓여 먹는 게 더 낫겠다. 닭으로 육수를 낸다고 하지만 조미료를 때려 부은 맛이 나니, 부대찌개닭에 가고 싶으면 맹물에 화학조미

료를 듬뿍 넣고 끓이시라. 그리고 내 보기엔 제사보다 잿밥에 관심 갖고 오는 이들이 많은 것 같은데 착각하지 마시길. 이 식당에 가도 김두찬 작가는 볼 수 없으니.

"허어?"

주정군은 어처구니가 없었다.

부대찌개닭의 음식은 그도 먹어봤다.

진주 찾기에서 김두찬을 촬영할 때 그가 식당 일을 도와주는 장면을 찍은 적이 있었다.

그때 송하연과 당시 카메라 감독인 황성주와 셋이서 먹었었다.

한데 세 사람 모두 엄지를 척 세울 정도로 맛이 있었다.

결코 김두찬의 인기에 편승한 식당이 아니었다.

김두찬이 없었어도 충분히 장사가 잘될 만한 곳이었다.

"요즘 이 교수 입 바람 장난 아니던데. 그중에서도 유난히 날카롭네."

"그렇죠? 작정하고 부대찌개닭 죽이기 하려는 느낌인데요."

"무슨 일 있었나?"

"요즘 이 교수 스타병 제대로 걸렸다는 소문이 돌긴 하는데."

"그래?"

"선배, 이항두 루머 못 봤어요?"

"무슨 루머?"

"예전에는 독설을 해도 공정한 입맛에 의거해서 그랬던 건데 요즘에는 자기한테 밉보이면 독설을 날린다는 루머가 돌았어요. 그 외에도 여기저기 갑질하고 다닌다는 말들이 많았고. 근데 그 루머가 다 진짜라는 거, 알 사람들은 다 알거든."

주정군이 너털웃음을 흘렸다.

사람의 진짜 모습을 알려면 권력을 쥐어주라는 말이 있다.

이항두도 예전에는 이런 사람이 아니었다.

하지만 권력의 맛을 보는 순간 내면에 숨어 있던 비틀어진 욕망이 튀어나온 것이다.

"음… 루머가 맞다고 해도 진짜 그 사람 입에 맛이 없었을 수도 있는 거 아니야?"

"내가 이걸 찍어놓길 잘했지."

송하연이 스마트폰을 꺼내 동영상 하나를 플레이시켰다.

그것은 김두찬에게 보여주기 위해 녹화했던 이항두의 맛있는 식당 인터뷰 장면이었다.

"봐. 지금 이 인간이 뭐라고 하는지."

가만히 인터뷰 내용을 지켜본 주정군이 버럭 화를 냈다.

"아니, 뭐 이딴 새끼가 다 있어? 맛있는 식당 방송 내일이지? 한번 보자. 어떻게 나오나."

"보긴 뭘 봐요. 분명히 들어냈겠지. 자기한테 돌멩이 날아오는 짓 하겠어요?"

"김두찬 작가도 이 글 봤겠지?"

"인터넷에서 난리인데 못 보면 그게 이상한 거죠. 그나저나 두찬 씨한테 보여준대 놓고 아직까지도 못 보여줬네."

송하연은 이항두의 인터뷰 장면을 김두찬에게 보여주기 위해 녹화했었다.

김두찬과 만나야 할 일이 있었고, 방송이 나가기 전에 미리 보여주면 좋아하지 않을까 하는 생각에서였다.

물론 지금에 와서는 그런 게 중요하지 않았다.

그저 녹화해 두기를 잘했다는 생각만 들었다.

송하연은 동영상을 김두찬의 메일로 전송했다.

*   *   *

김두찬은 SNS를 보고 난 이후 별다른 대응을 하지 않았다.

그저 작업실에서 집필만 이어나갈 뿐이었다.

하지만 집필 속도가 평소에 비해 느렸다.

1시간이면 연재 글 2화 정도를 뽑아내는 그였는데 두 시간 동안 3화를 겨우 쓰는 중이었다.

집필을 하는 와중 머릿속 한편으로는 이항두를 어떻게 해야 할지 고민하고 있었기 때문이다.

주화란은 그녀 나름대로 소설의 마무리에 열중하는 중이었다.

그때.

띵동—

누군가 오피스텔의 초인종을 눌렀다.

"누구지?"

작품에 푹 빠져 아무 소리도 못 듣는 주화란을 대신해 김두찬이 현관으로 다가가 문을 열었다.

"두찬 오빠! 로아 왔어요!"

열린 문 너머로 서로아가 달려와 김두찬의 허리를 와락 잡고 안겼다.

"로아야. 어쩐 일이야? 연락도 없이."

김두찬이 서로아를 반기며 물었다. 그러고는 서로아의 뒤에 서 있는 조선호에게 인사를 건넸다.

"할아버지, 잘 지내셨어요?"

"그럼요. 이사 간 집이 너무 좋아서 근심 걱정 없이 살고 있지요. 그나저나 두찬 학생 바쁠 텐데 이렇게 불쑥 찾아와서 미안해요. 로아가 깜짝 놀라게 해주고 싶다고 해서… 하하."

"오늘 작업실에 나오길 잘했네요. 저 없었으면 허탕 쳤겠어요."

"사실… 장 매니저님이랑 연락을 해서 여쭤봤어요. 두찬 학생이 작업실에 있는지 없……."

그때였다.

"로아야~! 아유~ 우리 애기!"

작업을 하고 있던 주화란이 거의 의자에서 현관까지 점프하듯 다가와 서로아를 품에 꼭 안았다.

"으앗! 언니~! 그렇게 꽉 껴안으면 아파요!"

"어머, 아팠어? 미안해~ 그런데 우리 로아 아파하는 것도 너무 예쁘다~!"

주화란은 서로아의 뺨에 자신의 뺨을 마구 비벼댔다.

누가 봐도 서로아가 예뻐서 어쩔 줄 몰라 하는 모습이었다.

'참 대단하단 말이야.'

김두찬이 그녀를 보며 생각했다.

일에 집중하면 아무것도 듣지 못하는 그녀가 꼭 서로아한테만큼은 반응을 했다.

아이를 워낙 좋아했기 때문이다.

지금껏 함께 일하며 김두찬이 파악한 주화란은 보는 순간 눈 돌아갈 만큼 좋아하는 것이 딱 세 가지 있었다.

글, 음식, 아이들이었다.

그 안에서도 우선 순위를 굳이 따져보자면 아이들, 글, 음식 순이었다.

그러니 서로아가 온 것에 이토록 난리가 난 것이다.

"로아야. 그동안 어케 지내쪄? 언니 안 보고 시퍼쪄?"

절로 주화란의 혀가 짧아졌다.

서로아가 고사리 같은 손으로 주화란의 얼굴을 살짝 밀어내며 대답했다.

"언니는 안 보면 보고 싶은데 만나는 순간 후회돼요. 조금 떨어져서 말하면 안 돼요?"

"어머? 후회라는 말도 할 줄 알아? 우리 로아 다 컸네~? 응? 응? 그런 말은 누가 갈켜줘쪄? 할부지가 갈켜줘쪄?"

주화란이 다시 서로아의 뺨에다 자기 뺨을 마구 비벼댔다.

"언니이~!"

서로아가 질색을 하며 소리쳤다.

그런 두 사람을 보는 김두찬과 조선호의 얼굴엔 비슷한 미소가 걸렸다.

*　　　*　　　*

주화란은 글을 마무리 짓는 것도 잊고 서로아와 놀아주는 데 정신이 없었다.

김두찬은 조선호와 그간의 이야기를 나누었다.

서로아는 플레이 인과 계약한 이후 벌써 CF를 두 편이나 찍었다.

이제는 텔레비전을 틀면 종종 서로아의 얼굴을 확인할 수 있었다. 서로아는 자신이 텔레비전에 나오는 걸 무척 신기해하면서도 즐기더라고 조선호는 말해주었다.

손녀 하나 잘 둔 덕분에 자기가 노후에 너무 좋은 시절을 보내고 있다는 얘기를 할 때는 살짝 눈물까지 훔쳤다.

김두찬은 그런 조선호에게 앞으로 로아가 더 잘될 테니 오래오래 살아야 한다고 말했다.

그렇게 두 사람이 대화를 주거니 받거니 하고 있는데 누군가 오피스텔의 비밀번호를 누르고서 급하게 안으로 들어왔다.

정미연이었다.

"두찬 씨. 괜찮… 아 보이네?"

정미연은 작업실에 있는 많은 사람들을 확인하고서 얼른 인사를 건넸다.

다들 정미연과는 일면식이 있는 사이였기에 그녀를 반겨주었다.

"미연 씨, 오늘 스케줄 새벽까지 풀이라면서요? 여긴 어떻게 왔어요?"

"이항두인가 항문인가 하는 인간이 싸질러 놓은 글 때문에 심란해하고 있으면 어쩌나 걱정돼서."

정미연이 말을 하던 와중 김두찬을 끌어당겨 꼭 안았다.

"이렇게 한 번 안아주고 가려고 잠깐 들렀어요. 그런데……."

그녀의 시선이 다른 사람들을 한 번씩 훑었다. 그러고는 안심한 목소리로 말했다.

"걱정 안 해도 되겠네요."

"응. 나 괜찮아요."

"알았어요. 그럼 가볼게요."

"미연 언니이~ 벌써 가요?"

서로아가 아쉬운 마음에 물었다.

"언니가 좀 많이 바빠서. 다들 담에 뵐게요."

정미연은 그 말을 남기고 잰걸음으로 오피스텔을 나섰다.

탁. 띠리리—

문이 닫히고 난 뒤, 주화란이 혀를 내둘렀다.

"와아… 진짜 포스 대박이시네요. 잠깐 왔다 갔는데 폭풍이 몰아친 거 같아요."

"미연 언니 예뻐~!"

서로아도 한마디를 했다.

정미연의 존재감은 늘 그렇지만 어마어마했다.

*   *   *

서로아와 조선호는 오후 다섯 시 무렵 집으로 돌아가기로 했다.

김두찬은 장대찬에게 정말 죄송하지만 두 사람을 집까지 모셔다 달라 부탁했다.

장대찬은 흔쾌히 그러겠다며 둘을 밴에 태웠다.

떠나가는 밴을 배웅하는 김두찬은 슬슬 동화 한 편을 더 집필해야겠다고 마음먹었다.

청도의 꿈이 출간된 지 한 달이 조금 넘었다.

서로아의 그림 실력은 하루가 다르게 느는 중이었다.

그 훌륭한 재능을 김두찬은 세상에 더 많이 알리고 싶었다.

서로아와 조선호가 돌아가고 나니 채소다와의 약속 시간이 다가왔다.

김두찬은 주화란을 데리고서 건물 지하 주차장에 한동안 방치되었던 검은색 중형 세단에 올라탔다.

그것은 김두찬이 얼마 전에 뽑은 차였다.

그는 장대찬이 너무 자신의 스케줄에만 매달려 본인의 시간이 없는 것 같아 미안한 마음이 있었다.

그래서 차를 사려고 기회를 보아오다가 이번에 마련했다.

면허증도 있고, 일전에 운전 능력을 D까지 올려놓은 터라 직접 몰고 스케줄을 소화하는 데 전혀 문제가 없었다.

"출발할게요."

김두찬이 조수석에 앉은 주화란에게 말한 뒤, 차를 몰아나 갔다.

＊　　　　　＊　　　　　＊

"정말 맛있다! 나 이렇게 맛있는 고기 오래간만이야. 역시 두찬이 추천은 믿고 봐야 한다는!"

"진짜 맛있네요. 특히 이 안심살 예술이지 않아요?"

"맞아요. 비싼 스테이크 집에서 먹는 것보다 훨씬 나은 것 같아요."

"근데 소다 씨, 고기 제법 구울 줄 아시네요?"

"화란 언니야말로 손놀림이 예사롭지 않던걸요! 그리고 말 놓으시라니까요."

"그럼 그럴까? 소다야?"

"응, 언니!"

김두찬은 엄청난 친화력을 보이는 두 여자에게 넋이 나가 허허 웃었다.

사실 고깃집에 올 때까지만 하더라도 그녀들이 친해질 수 있을까 싶었는데 괜한 기우였다.

맛있는 고기 하나만으로 둘은 오랫동안 알아온 사이처럼

신나게 떠들어댔다.

그들의 수다를 뒤로하고 김두찬은 스마트폰으로 이항두와 관련된 것들을 조사했다.

'항두 분식 CEO. 한국대학교 식품조리과 교수. 대한민국 최고의 공신력 있는 맛 칼럼니스트. 맛있는 식당 자문.'

김두찬이 맛있는 식당과 관련된 영상을 찾아봤다.

인터넷에 토막토막 잘려 올라온 영상들은 대부분 이항두의 식당 리뷰에 관한 것이었다.

그것도 좋은 말보단 독설을 내뱉는 영상들이 많았다.

조회 수들도 하나같이 30만 이상이었다.

높은 건 100만을 넘어갔다.

이항두의 인기가 어느 정도인지 보여주는 실례였다.

아울러 이항두에 관한 루머 같은 것도 찾을 수 있었다.

그것을 하나하나 읽어 내려가던 김두찬의 눈에 메시지가 왔다는 알림이 들어왔다.

보낸 사람은 송하연이었다.

알림을 터치하니 메시지 내용이 나타났다.

―두찬 씨, 잘 지내죠? 얼마 전부터 한번 만나러 가야지 생각만 하다가 도통 시간이 안 나서 그러지를 못했어요. 얼굴도 보고 싶고 할 말도 있으니 다음에 시간 내서 우리 한번 만나요. 자세한 얘기는 나중에 하고, 지금은 상황이 급할 테니까 내가 보낸 메일 한번 확인해 봐요. 메일을 아까 보

내놓고 다른 일 터져서 정신 없다가 이제야 연락드려요.

'메일?'

김두찬은 바로 송하연이 보낸 메일을 확인했다.

메일의 제목은 '이항두 맛있는 식당 부대찌개닭 인터뷰'였다.

한데 제대로 된 방송분은 아니고 편집실에서 편집하던 영상을 찍은 것이었다.

인터뷰 내용을 처음부터 끝까지 본 김두찬의 입꼬리가 말려 올라갔다.

"저, 잠시만 전화 좀 하고 올 테니 두 분 얘기 나누……."

"그래서 이 부위는 소금도 찍어 먹으면 안 된다는 거야."

"언니! 내 지론이랑 똑같아!"

이미 두 여인에게는 김두찬의 말이 들어오지 않았다.

김두찬은 고깃집에서 나와 심현미에게 전화를 걸었다.

―응~ 아들.

"엄마, 전화 받을 수 있어요?"

―그럼. 오늘은 손님이 좀 여유롭게 들어서네. 이런 날도 있어야 엄마가 한숨 돌리지.

벌써부터 이항두의 글이 효력을 발휘하고 있었다. 하지만 김두찬의 부모님은 아직 그런 사실을 모르는 모양이었다.

상황이 더 심해지기 전에 게임을 끝내야 했다.

─근데 무슨 일이야?

"혹시 식당에 이항두라는 사람 왔다 갔었나요?"

─이항두? 아아! 점심때 왔었다 그러더라고. 나는 못 봤고 네 아빠가 말해줬어.

"밥 먹고 갔나요?"

─아니. 그냥 자기 이항두니까 알아서 기다리지 않고 먹게 해달라는 식으로 갑질하려 들길래 나가서 줄 서라 그랬더니 씨근덕거리면서 사라지더란다. 근데 그건 어떻게 알았니?

"아니요. 그냥 그럴 것 같아… 서?"

김두찬은 자기가 말해놓고도 어처구니없는 대답이라 생각했다.

하지만 심현미는 대수롭지 않게 대처했다.

─뜬금없이 왜 이래. 술 먹었니? 밖에서만 마시지 말고 다음번엔 엄마랑 한잔 마셔줘.

"하하, 알았어요."

─어머, 손님 또 밀려온다. 두찬아, 끊을게~!

심현미가 전화를 끊자마자 김두찬은 송하연이 보낸 동영상을 다운로드했다.

그리고 그것을 자신의 SNS에 업로드했다.

하루에 최소 3만 명 이상이 들락거리는 게 김두찬의 SNS였다.

새로운 게시물이 올라오면 10만 이상 카운트되기도 했다.

동영상이 업로드 완료된 이후 김두찬은 이항두의 SNS 계정으로 메시지를 하나 보냈다.

—이항두 씨, 폭탄 받으세요.

그러자 바로 답장이 날아왔다.

—부대찌개닭 잘난 아드님이시군. 내가 올린 글에 대해 적잖이 화가 난 모양인데, 난 바른말을 해야 하는 맛 칼럼니스트로서 느낀 바를 그대로 얘기해야만 했네. 거기에 대해서 왈가왈부할 생각이라면 차단하겠네.

—아니오. 그게 아니라 먼저 건드렸으니 저도 폭탄 하나 던졌거든요.

—폭탄?

—제 SNS에도 놀러오세요. 그리고 이항두 씨.

메시지를 보내는 김두찬의 가슴속에서 불길이 솟구쳤다.

그는 이제 누구한테도 당하지 않는다.

건드리면 가만있지 않는다.

그런데 이번엔 자신이 아닌 가족을 건드렸다.

김두찬이 메시지 내용을 마무리 지어 전송했다.

—세상엔 건드려선 안 되는 게 있다는 걸 알게 될 겁니다.

*　　　　*　　　　*

"이, 이, 이 미친놈!"

이항두가 사색이 된 얼굴로 욕을 내뱉었다.

그는 이번에 새로 들어가는 프로그램 촬영을 위해 방송국 대기실에서 잠시 쉬고 있는 중이었다.

김두찬의 SNS에 접속하기 전까지만 해도 그는 희희낙락이었다.

부대찌개닭이 욕을 바가지로 먹고 망하는 모습을 상상하며 즐거워했다.

그런데 김두찬이 업로드한 동영상 하나로 상황이 반전될 위기에 처했다.

동영상이 올라온 지 10분도 채 지나지 않았는데, 벌써 조회 수가 4만을 넘었고 공유는 2만 건 이상이었다.

이 속도라면 오늘 중으로 인터넷 유저들에게는 대부분 퍼진다고 봐야 했다.

어떻게든 동영상을 내리도록 만들어야 했다.

그때였다.

똑똑.

대기실의 문에서 노크 소리가 들리더니 천천히 열렸다.

방문한 이는 새 방송 프로그램의 피디 나윤철이었다.

"이 교수님. 괜찮으시죠?"

그가 이항두를 슥 살피며 물었다.

"응? 뭐가요?"

이항두는 짐짓 아무렇지 않은 척 대답했다.

"인터넷에 이상한 영상이 올라와서… 혹시 보셨어요?"

"아아, 그거. 네, 봤어요."

"아, 보셨군요. 이거… 뭔가 제대로 된 해명을 교수님 SNS에 올려주셔야 할 것 같은데요."

"해명이라니? 내가 왜?"

"불과 몇 시간 전에 교수님이 SNS로 부대찌개닭 음식을 혹평하셨잖습니까. 근데 극찬을 하는 동영상이 올라왔으니 마땅히 해명이 필요한 부분이죠."

"아이고, 머리야."

"동영상 저도 봤는데 맛있는 식당 편집 영상 촬영한 것 같더라고요. 뭐가 진짭니까?"

"그거야 다 방송국 놈들 원하는 대로 멘트 친 거지! 내가 올린 글이 진짜요!"

"그럼 그렇다고 해명이라도 한 줄 올려주세요."

"당장?"

"교수님. 교수님께서 이런 식의 구설수에 올라가 버리면 우리 프로그램에도 지장이 갑니다."

"지장은 무슨. 화젯거리가 되는 만큼 시청률이 오르겠죠."

이항두는 당장 해명을 하고 싶은 기분이 아니었다.

게다가 뭐라고 해명을 해야 할지 떠오르지도 않았다.

좀 더 시간을 두고서 자기는 살고 부대찌개닭은 죽일 수 있을 만한 변명을 떠올려야 했다.

때문에 은근슬쩍 넘어가려고 했는데 나윤철 피디는 호락호락한 사람이 아니었다.

"구설수로 오르는 시청률은 독이예요. 잠깐 반짝할 수는 있지만 구설수를 완전히 잠재우지 못할 경우 프로그램 자체가 죽어버릴 수도 있습니다."

"그러니까 해명을 안 하겠다는 게 아니라 조금 생각을 하고 난 이후에……."

"교수님, 방금 저한테 말씀하셨잖아요. 맛있는 식당 관계자들이 원하는 대로 멘트 날린 거고, 본심은 SNS에 올린 글이라고요. 그렇게 해명하시면 됩니다."

"그렇게 해버리면 맛있는 식당에 폐를 끼치게 되잖아요."

"어차피 이런 식으로 가면 맛있는 식당도 교수님도 둘 다 욕먹습니다. 추가로 우리 프로그램까지 싸잡아서 욕하겠죠. 하나는 버리세요. 저도 다른 사람들이 열심히 만들어가는 프로그램 잘됐으면 좋겠는데 이미 상황이 이렇게 되어버렸으면 선택해야죠."

이항두 교수의 안에서 화가 부글부글 끓어올랐다.

마음 같아서는 현장주 피디한테 하는 것처럼 호통을 치고 싶었다.

하지만 그럴 수는 없었다.

현장주 피디는 이렇다 할 히트작이 없다가 맛있는 식당으로 이제 겨우 인지도를 올리는 중인 사람이었다.

때문에 그에게는 시청률을 올려주는 이항두가 중요했다.

그러나 나윤철은 만드는 프로그램마다 대박을 터뜨리는 방송계 미다스의 손이었다.

그만큼 영향력도 셌고 파워도 있었다.

감히 이항두가 함부로 할 만한 사람이 아니었다.

"알았네, 알았어. 내 30분 내로 해명글 올리도록 하지."

"부탁합니다."

나윤철이 고개를 꾸벅 하고 대기실을 나갔다.

탁.

무심하게 닫힌 대기실 문을 이항두가 씹어 먹을 듯 노려봤다.

"이런 빌어먹을. 김두찬… 이 새파랗게 어린놈이 날 건드려? 아니… 그것보다 이 영상은 어떻게 입수한 거야? 설마… 현장주 이 새끼가?"

이항두는 당장 현장주에게 전화를 걸었다.

―네, 교수님.

스마트폰 너머로 들려오는 현장주의 음성이 꽉 잠겨 있었다.

"대체 어떻게 된 거야! 왜 그따위 동영상이 돌아다니는 거냐고!"

이항두가 버럭 짜증을 냈다.

하지만 현장주의 대답은 바로 들려오지 않았다.

잠깐 동안의 침묵을 참지 못하고 이항두가 다시 소리쳤다.

"내 말 듣고 있는 거야!"

─교수님… 지금 교수님께서 화내시는 이유가 뭡니까? 내일 방영되어야 할 영상이 미리 유출되었기 때문은 아니시죠?

"그걸 말이라고 해! 내 SNS에 올라온 글 못 읽었어? 그것 때문에 인터뷰도 들어내라고 한 거잖아! 다시 인터뷰하자는 걸 힘들다고 해서 사정 봐줬더니 이게 뭐 하는 짓거리야!"

─일단요. 인터뷰 영상 유출된 건 제 잘못 맞고, 제가 부주의했던 게 맞아요. 좀 더 신경 쓰고 보안에 철저했어야 했는데 이 점에 대해서는 사과드리겠습니다. 그런데 사실 인터뷰 내용 미리 나간 게 우리 프로그램이랑 방송국 입장에서는 그렇게 큰 문제는 아니에요. 맛있는 식당이 무슨 국민 오디션 프로그램처럼 경쟁 결과를 철저히 비밀에 붙여야 하는 것도 아니고요.

"지금 무슨 헛소리를 하고 있는 건가!"

─교수님께서 화를 내시는 포인트가 잘못되었다는 겁니다. 지금 교수님께서는 이 영상이 나가 버림으로써 교수님이 한

입으로 두말하는 사람이 되어버리는 것 때문에 화를 내시는 거잖아요. 그리고 조금 전에 우리 쪽 사정 봐주면서까지 인터뷰를 새로 안 따고 날리는 것으로 하자고 했다 말씀하셨는데… 교수님. 잘 알아두셔야 할 게 그건 우리가 교수님 사정을 봐드린 겁니다.

"뭐? 자네 지금 말 다 했어?! 이런 식으로 나오면 내가 어떻게 할 것 같아!"

—하아.

스마트폰에서 짜증이 가득 섞인 현장주의 한숨이 들려왔다.

그동안 참 많이도 참았다.

이항두 교수의 갑질이 모든 스태프를 힘들게 만들었지만, 처음부터 그런 사람은 아니었고 시청률에도 한몫하니 모두를 달래며 끝까지 갈 생각이었다.

물론 그를 잃으면 안 된다는 두려움도 컸다.

10년 넘도록 빛을 못 보다가 이제 겨우 그의 이름과 론칭한 프로그램이 알려지기 시작했다.

거기서 오는 만족감과 성취감을 놓치기 싫었다.

그런데 이항두 교수는 오늘 선을 넘고 말았다.

—이항두 교수님. 아니, 이항두 씨.

"뭐? 이항두 씨? 자네 제정신이야?"

─네. 비로소 제정신이 돌아온 기분입니다. 그동안 제 프로그램이 과분한 인기를 얻어 무언가에 홀려 있었습니다. 이항두 씨, 내일 방송 꼭 보십시오. 그리고 다음 주부터 프로그램 나오지 않으셔도 됩니다.

"지금 나 없이 프로그램을 진행하겠다는 건가? 그렇게 해서 잘될 것 같아?"

─이항두 씨, 내가요. 모두를 위해서 성질을 죽였던 거지, 성질이 없던 사람이 아닙니다. 알겠습니까? 어디서 그따위 협박질입니까, 협박질이.

"뭐? 너, 너 지금 뭐라고……."

─닥치고. 내일 방송 두 눈 똑바로 뜨고 잘 보세요.

"야, 이 새끼야!"

─어디서 이 새끼, 저 새끼야! 이 씨발 새끼가! 벼는 익을수록 고개를 숙인다는 말 들어는 봤냐?

"야, 현장주!"

─뭐가 계속 좆같은 게 귀에서 앵앵대, 씨발. 얘들아! 다음 주부터 이항두 안 나온다!

뚝.

통화가 끊겼다.

이항두는 스마트폰을 귀에 댄 채로 굳어버렸다.

설마 현장주가 자신에게 욕을 하고 폭언을 퍼부으리라고는 상상도 못 했었다.

그는 언제나 이항두 앞에서 머리를 조아릴 것이라 생각했다.

하지만 그건 이항두의 착각이었다.

현장주도 그 기 센 인간들이 득시글거리는 방송국에서 20년 가까이 일한 사람이다.

현장에서 바쁘게 일하다 보면 작은 실수 하나에도 잡아먹을 듯 호통을 치고 차마 입에 담기 힘든 욕들을 마구 뱉어버린다.

보고 들은 게 그런 것인 데다가 꿋꿋이 버텨 나간 만큼 현장주도 나름 한 성질 하고, 욕도 할 줄 아는 인간이었다.

그러나 방송 관계자들 말고 외부인들에게는 티를 내지 않았을 뿐.

즉, 때와 장소를 가려서 행동해 왔던 것이다.

그런데 이항두가 결국 현장주의 성질을 제대로 건드렸다.

한 방 크게 얻어맞은 이항두는 충격으로 몸을 바들바들 떨었다.

그때였다.

이항두의 소속사 사장에게서 문자가 날아왔다.

─스케줄 끝나고 새벽에 미팅 좀 합시다.

"……."

그 짧은 문자가 이항두의 가슴을 쿡 하고 찔렀다.

사장이 무슨 말을 할지 벌써부터 예상이 됐다.

지금 이 사건을 빨리 무마시키지 못하면, 온갖 불이익을 당하게 될 것이다.

김두찬이 올린 동영상은 그사이 5만 건 이상 공유 되었다.

이항두가 자신의 인터뷰 영상을 다시 한번 플레이시켰다.

동영상에서의 극찬이 빼도 박도 못할 수준이라면 머리를 다른 쪽으로 굴려야 했기 때문이다.

하지만 조금 뭉뚱그려지게 표현했다거나 두루뭉술 넘어가는 부분이 있다면, 그걸 꼬투리 잡아 현장주를 물어뜯을 셈이었다.

'내가 원래 이런 식으로 정확하지 않은 표현을 쓰는 사람이 아니다. 그럼에도 저런 식의 리뷰를 했던 건 맛있는 식당, 현장주 피디의 강요 때문이었다. 아무래도 부대찌개닭과 은밀한 거래가 오간 게 아닌가 싶다'라는 맥락의 글을 적어 올리려고 했다.

그런데.

"어?"

동영상이 막혔다.

김두찬의 SNS를 새로 고침 했더니 동영상 파일이 지워지고 없었다.

KBC 측에서 사내 방침에 따라 프로그램 보안 유지를 위해 동영상을 막아 달라 SNS 측에 요청한 것이다.

이항두도 아마 그런 상황일 것이라 유추했다.

'일단 동영상은 막혔고… 맛있는 식당을 죽이는 쪽으로 가? 아냐… 그래도 너무 그렇게 적으로 만드는 건……'

조금 전 현장주의 욕설을 듣고 난 이후 이항두는 마음 한편에 두려움이라는 감정이 생겼다.

전형적으로 강한 사람에게는 약하고 약한 사람에게는 강한 인간의 표본을 보여주고 있었다.

'음… 그럼… 그렇지!'

잠시 머리를 굴린 그가 모두 다 탈 없이 끝날 수 있는 방법을 떠올린 뒤, SNS에 글을 업로드했다.

—여러분. 오늘 제 SNS가 해킹을 당했습니다. 점심나절 올라간 글은 제가 작성한 게 아닙니다. 해서, 그 글은 삭제를 했고 SNS의 보안을 강화했습니다. 저는 맛있는 식당의 잠행 취재 당시 부대찌개닭의 요리를 정말 맛있게 먹었습니다. 조금 전까지 재미있는 영상이 돌더군요. 부대찌개닭의 음식에 대해 리뷰를 하던 제 모습이 담겨 있던 영상인데 어떻게 유출된 것인지는 모르겠으나 그게 진실입니다. 어찌 되었든 해킹을 당했다 하더라도 제가 관리를 부실하게 한 탓이니 반성하고 있습니다. 모쪼록 이와 관련해 마음의 상처를 받으신 모든 분들께 사과의 말씀 드립니다.

"이렇게 하면 다 해결될 거야. 내가 한 발 물러났으니 김두찬도 더 물어뜯지 않을 테고. 이제… 사장이랑도 말 좀 맞춰 볼까?"

이항두가 부대찌개닭의 전화번호를 검색해서 꾹꾹 눌렀다.

*　　　　*　　　　*

김두찬은 이항두의 SNS에 새로 올라온 글을 봤다.

그가 전에 올렸던 부대찌개닭의 비방 글은 이미 삭제된 후였다.

김두찬이 한참 전부터 스마트폰에만 집중하고 있자니 주화란과 채소다가 그에게 물었다.

"작가님, 무슨 일 있으세요?"

"두찬아, 왜 그렇게 심각해?"

"아네요. 식당에 사소한 문제가 터진 것 같아서. 전화 좀 한 번 더 하고 올게요."

김두찬은 밖으로 나가서 심현미에게 전화를 걸었다.

—아들~ 오늘 전화가 잦네?

"엄마, 혹시 이항두한테서 전화 안 왔어요?"

김두찬은 이미 이항두의 행동을 예측하고 있었다.

그는 이항두라는 사람의 정보를 모아 분석하고, 지금까지의 행동 패턴을 파악했다. 그러자 다음에 어떻게 행동할지에 대한 시나리오가 주르륵 떠올랐다.

상상력과 스토리텔링의 컬래버레이션으로 가능한 일이었다.

―응, 왔었어. 식당으로 전화했더라고.

"뭐라고 하던가요?"

―점심때랑은 다르게 이번 일 어딘가에서 취재 오면 괜히 크게 만들지 말고 그냥 좋게 좋게 없던 일로 하고 넘어가주면 안 되겠느냐 사정하더래. 근데 네 아빠 성격 알잖아. 고지식한 거. 싫다고 딱 잘라 거절하니까 본인은 공신력 있는 맛 칼럼니스트에다가 자기 리뷰는 사람들이 무조건 믿으니까, 잘나가던 집도 망하게 할 수 있고, 망하던 집도 대박 맛집으로 살릴 수 있더라고… 은근히 협박성 짙은 멘트를 날리더라지 뭐니.

"그랬어요? 음… 그걸 녹음했어야 하는 건데."

―녹음했지.

"네?"

심현미의 말에 김두찬이 눈을 휘둥그레 떴다.

―식당 전화 인터넷 전화인데 녹음 기능 있잖아. 아빠가 전화 건 인간이 이항두라는 걸 알자마자 녹음했어. 근데 그 인간이 대단하긴 한가 봐? 어째 오늘 다른 날보다 조금 한산하

다 했다. 엄마랑 아빠는 줄곧 몰랐다가 우리 알바가 알려줘서 알았어.

"아… 굳이 알게 하고 싶진 않았는데."

—뭐 큰일이라고. 우리 식당이 그런 인간 혀에 놀아날 만큼 퀄리티가 떨어지진 않잖니?

심현미가 말미에 유쾌한 웃음을 터뜨렸다.

그러고는 김두찬에게 물었다.

—녹음 파일 보내줄까, 아들? 지금 필요한 거지?

"네, 보내주세요."

—알았어. 메일로 보낼게~ 그리고 식당은 너무 걱정하지 마. 이항두가 꼬라지 부리면서 나가는 거 본 단골손님들도 많으니까.

"알았어요. 걱정 안 할게요."

전화를 끊은 김두찬은 다시 고깃집 안으로 들어왔다.

그리고 메일을 간헐적으로 확인해 가며 두 여인과 대화를 나누며 자리를 즐겼다.

스마트폰을 계속 보는 김두찬에게 채소다가 말했다.

"오늘 두찬이 바쁘네."

"아, 좀 확인할 게 있어서요. 그나저나 소다 누나. 누나도 판타지소설 좋아하니까 뭐 하나 좀 물어볼게요."

"응? 얼마든지."

"제가 정령신기 끝나면 후속작을 바로 붙일 생각인데……"

"정령신기 끝나? 벌써? 좀 더 써줘!"

채소다가 앙탈을 부렸다.

"하하, 지금 끝난다는 게 아니고요. 아무튼 후속작은 저 혼자 집필하기보다는 컬래버 작업을 해볼까 하거든요."

"진짜? 누구랑? 어느 작가님이랑?"

눈을 반짝반짝 빛내며 묻는 채소다에게 김두찬이 대답했다.

"서태휘 작가님이요."

"……!"

지금 이 자리에서 주화란은 채소다의 정체가 서태휘라는 것을 모른다.

물론 나중에는 언젠가 그녀도 알아야 하겠지만 우선은 채소다가 자신의 정체를 밝히지 말라고 했으니 이를 지켜줘야 했다.

그래서 김두찬은 채소다와 합작하고 싶다는 말을 돌려 내뱉은 것이다.

생각지도 못한 제의를 받은 채소다의 얼굴이 잔뜩 상기됐다.

그녀가 크게 고개를 끄덕였다.

"정말 영광이… 아니, 그게 아니고. 정말 굉장한 작품이 탄

생할 거라고 생각해. 그 합작 너무 긍정적으로 봐, 나는! 무엇보다 김두찬과 서태휘의 합작이라니? 한 번도 해본 적 없는 시도인 거잖아!"

"그렇죠. 무엇이든 한 번은 해봐야 한다는 게 서태휘 작가님의 신조이니만큼 제가 제안하면 받아들여 주시겠죠?"

채소다의 고개가 또 한 번 크게 끄덕여졌다.

"당연하지!"

그녀의 결의에 찬 얼굴을 보며 김두찬이 미소 지었다.

이것으로 채소다를 영입하는 데 한 발 더 전진했다.

'일단은 여기까지 할까?'

주화란도 있으니 더 깊은 얘기를 하는 건 힘들었다.

김두찬은 두 여자의 화제가 고기로 다시 넘어간 동안 메일을 새로 고침 했다.

심현미가 보낸 음성 녹음 파일이 나타났다.

'됐다.'

이제 총알은 모두 장전됐다.

김두찬이 음성 녹음 파일을 KBC 뉴스 데스크에 이메일로 전송한 뒤, 이러한 사실을 송하연에게도 알려주었다.

송하연이 김두찬에게 온 문자를 읽고 피식 웃었다.

"이항두 교수, 이 바닥 떠야겠네."

방아쇠는 당겨졌고 수십 발의 총알이 이항두를 향해 날아가고 있었다.

*　　　　*　　　　*

9월 5일.

맛있는 식당의 방송을 하루 앞둔 날 밤.

이항두는 새 예능 프로그램에 게스트로 등장해 한 시간가량 녹화를 뜨는 중이었다.

그런데 나윤철 피디가 갑자기 녹화를 중단시켰다.

그러고서는 이항두를 따로 불렀다.

"왜 그래요?"

이항두가 민머리에 송골송골 맺힌 땀을 닦으며 물었다.

그러자 나윤철 피디가 일순간의 망설임도 없이 딱 잘라 말했다.

"오늘 녹화는 이 교수님 빼고 갈게요."

"응? 아니, 녹화 잘 뜨다가 갑자기 왜?"

나윤철은 스마트폰으로 인터넷 기사를 보여주었다.

이항두가 기사의 헤드라인을 읽었다.

〈이항두 교수. 번복 리뷰와 거짓말까지, 진퇴양난〉

"번복 리뷰? 거짓말? 이게 다 뭔가요?"

"그건 제가 묻고 싶은 건데요, 교수님. 아까 저한테 말씀하시길 맛있는 식당 인터뷰는 그쪽에서 부탁한 대로 읊은 거라고 하시지 않았던가요?"

"응?"

"그런데 해명은 또 이상하게 하셨더군요. 부대찌개닭의 음식은 맛있었으며 맛있는 식당 인터뷰 역시 솔직한 리뷰였다는 뉘앙스에다가 SNS 글은 본인이 올린 것이 아니라 해킹이었다고요?"

"아… 그 저기, 그건 말이야. 우리 모두 다 해피 엔딩일 수 있는 방법을 궁리하다가……."

"하."

나윤철이 짧게 한숨을 내쉬었다.

그의 얼굴에 적잖은 피로감이 내려앉았다.

"이랬다저랬다, 말이 하루에 몇 번씩 바뀌는 겁니까?"

"그건 내가 미안해요. 지금 기사 때문에 그러는가 본데, 어디서 기자들이 또 튀어보려고 괜히 없는 사실 만들어 올린 거겠지."

"없는 사실이라. 교수님. 한번 들어보세요, 그럼."

나윤철은 인튜브에 접속해 동영상 하나를 플레이했다.

한데 영상은 아무것도 없고 소리만 크게 흘러나왔다.

―누구라고요?

―이항두 말이요. 점심에 왔다 갔던… 기억하시죠?

"……!"

스마트폰에서 들리는 김승진과 자신의 목소리에 이항두는 화들짝 놀랐다.

―아~ 나 대단한 사람이니 특혜 좀 달라고 하시던 그분?

―특혜라니… 무슨 말을 또 그렇게 하시나. 하하.

―줄 서기 싫어서 자기 이름 석 자 대며 편의 봐달라고 말하는 게 그럼 특혜지 뭡니까?

―으흠! 사장님. 내가 싸우려고 전화를 한 게 아녜요.

―그럼 왜 전화하셨어요?

―일단 아까 그 일은 사과하리다. 내가 워낙 바빠서 그랬어요. 얼마나 그 집 부대찌개가 간절했으면 그랬겠어요? 내가요. 평소에는 절대 그런 식으로 부당한 요구 하는 사람이 아니에요. 그만큼 그 집 음식이 맛있었다니까? 잘못이 있다면 반은 안주인의 뛰어난 요리 솜씨 때문입니다. 하하하.

―농담 따먹기 할 기분 아닙니다. 사과하려고 전화하신 겁니까? 용무 끝났으면 끊습니다.

―아, 자자자! 잠깐! 따로 전할 말도 있습니다.

—해보세요.

　—혹시 다른 방송국에서 취재하러 오면 오늘 나와 있었던 일에 대해서 있는 그대로 말씀하시기보단 좋게 좋게 포장해서 아름다운 이야기로 마무리 지어주었으면 합니다.

　—아름다운 이야기가 뭡니까?

　—내가 그 집 부대찌개를 한번 맛봤다고 하지 않았습니까? 그게 맛있는 식당에서 잠행 취재를 나왔다가 먹어보게 된 거예요. 내가 인터뷰할 때 사장님 식당을 극찬했습니다. 그 영상이 어떻게 유출됐는지 이미 인터넷에 한번 돌더군요. 아마 그 영상 덕분에 식당 매상 더 오를 겁니다.

　—그래서요?

　—딱딱하시기는… 아무튼 제 얘기는 이겁니다. 제가 찾아갔던 건 잠행 취재 때 감격했던 마음을 전해 드리려 들렀다는 걸로 어떻습니까? 잠행 취재를 할 때는 제 신분을 감춰야 하니 아무리 맛있는 음식을 먹어도 그 마음을 전하기가 힘들단 말이죠.

　—내가 왜 그래야 합니까?

　—왜 그래야 하는지… 뭐 여러 가지 이유가 있지만 분위기를 보아하니 좋은 말로 얼러서는 통 알아듣지 못할

것 같고. 이 말만 해두죠. 저 말입니다. 대한민국에서 아주 공신력 있는 맛 칼럼니스트예요.

　─공의 신이 뭐 어째요?

　─말장난할 기분 아니니 잘 들어요. 아무리 맛없는 식당도 내가 들렀다가 맛있다고 하면 금방 맛집이 됩니다. 반대로 잘나가던 맛집도 혹평 한 번이면 다음 날부터 파리 날린다 이 겁니다.

　─지금 협박하시는 건가요?

　─또, 또 말씀을 그렇게 하십니다. 그냥 그렇다는 거죠.

　─그러니까 기자들이 취재를 오면 그쪽이 특혜를 달라고 했던 사실과 달리 우리를 독려하러 왔다고 말하면 된다 이겁니까?

　─네네. 그렇게만 말해주면 내가 사장님 식당 제대로 광고 해드릴게요.

　─일단 알겠습니다.

　"다 들으셨나요?"

　나윤철이 스마트폰을 회수하며 물었다.

　"이게… 어떻게……."

　"식당 사장님께서 녹음을 하고, 그것을 김두찬 작가님이 여기저기에 뿌린 모양입니다. 지금 인터넷에서 막 터지는 기사들의 원인이 전부 이 녹음 파일 때문이고요."

"이런 빌어먹을!"

쾅!

이항두가 발을 세게 굴렀다.

그 바람에 스튜디오에 굉음이 퍼졌고, 스태프들과 연기자들이 일제히 이항두를 쳐다봤다.

"다 교수님께서 잘못 처신하신 덕분에 일어난 일입니다. 남 탓 할 거 없어요. 아무튼 상황이 이러니 녹화는 교수님 빼고 가야 할 것 같네요."

"지금 날 자르겠다는 겁니까?"

"자를지 말지는 이 사건이 어떻게 정리되느냐에 따라 달라지겠죠. 그런데… 너무 강한 사람을 건드렸네요."

"강해? 누가? 그 식당 인간들이? 김두찬이가?"

"김두찬 작가요. 잘나가던 아이돌 태경이 김 작가 잘못 건드렸다가 개털에 빚쟁이 돼서 징역 들어간 거 모르십니까?"

"……."

그 말을 듣는 순간 이항두는 저도 모르게 마른침을 삼켰다.

태경이 잘못되었다는 얘기는 얼핏 들은 기억이 있다.

하지만 자신이 연예계에 몸담고 있으면서도 아이돌에는 관심이 없었기에 자세한 내막을 몰랐다.

"그게… 김두찬을 건드렸다가 그렇게 된 거라고요?"

"네. 태경뿐만 아니라 천재 작가라 불리던 문정욱도 김두찬에게 먼저 시비 걸었다가 제대로 털렸죠. 지금은 문학계에서 쫓겨나 발도 못 들이는 신세가 되었다던데… 아마 펜도 꺾었다는 것 같더군요. 들리는 소문에 의하면 정신적 충격을 크게 받아 집필이 불가능한 상황이 되었다고 합디다."

"대체 뭘 어떻게 했길래?"

"자세한 내막을 누가 알겠습니까. 확실한 건 김두찬 작가 건드리는 사람치고 끝이 좋았던 적은 없었다는 겁니다. 문정욱도 태경도 완전히 폐인 만들어놓았으니까요. 교수님은 그렇게까지 안 되도록 조심하세요."

나윤철이 그 말을 끝으로 자리를 피했다.

홀로 남은 이항두는 섣불리 움직이지 못하고서 눈만 끔뻑거렸다.

'다… 폐인이 됐다고?'

설마 김두찬의 사이즈가 그 정도일 거라고는 생각지 못했었다.

나윤철의 말을 듣고 나니 강한 사람에게는 고개를 조아리는 그의 저열한 습성이 고개를 쳐들었다.

지금이라도 사과를 해야 하는 건가? 그런다고 김두찬이 받아줄까? 아니, 그건 너무 없어 보이나? 내가 SNS에 좋은 글 올려줬잖아. 그럼 된 거 아니야?

오만 가지 생각이 다 들었다.

하나 이제는 너무 늦었다는 걸 이항두는 몰랐다.

이러고 와중에도 인터넷에서는 이항두를 저격하는 기사들이 계속해서 올라오고 있었다.

*   *   *

집으로 돌아온 이항두 피디는 계속해서 인터넷 기사를 살펴보는 중이었다.

이항두와 김두찬에 관련된 기사들만 수십 개가 떴다.

대부분은 이항두의 잘못을 꼬집는 내용들이었다.

물론 기사의 특성상, 누구의 잘잘못을 따진다기보다는 있는 사실과 팩트에 근거해 그것들을 늘어놓은 것뿐이지만, 이항두가 벌인 짓 자체가 쓰레기 같았다.

때문에 인터넷에서는 그를 욕하는 사람들이 실시간으로 늘어나는 추세였다.

그에 이항두는 해명 글을 다시 올리려 했지만 그럴 수가 없었다.

이미 판은 그가 수습할 수 없을 정도로 커져 버렸다.

그가 이러지도 저러지도 못하고 있을 때 소속사 사장으로

부터 문자가 도착했다.

—오늘 미팅 없던 일로 합시다. 내일 김 이사 보내겠습니다.

새벽에 만나자던 약속이 날아갔다.

그 말인즉, 사장이 이항두의 얼굴조차 보기 싫어하고 있다
는 얘기였다.

김 이사는 소속사 연예인들의 계약 문제를 주로 다루는 사
람이다.

그런 김 이사를 보낸다는 것은 곧, 소속사와의 결별을 준비
하라는 것과 다름없었다.

소속사가 잡음을 일으킨 이항두를 버리려 하고 있었다.

"안 돼……."

이항두의 마음이 타들어갔다.

그가 포기했던 해명 글을 다시 올리고자 마음먹었다.

오늘 안으로 이 문제를 진압 못 하면 소속사에서 무조건 퇴
출당한다.

잘못은 이항두에게 있으니 소속사와 잡아두었던 앞으로의
계획에서 금전적 손실이 발생하는 부분은 전부 그가 물어야
할 판이었다.

'그럴 수는 없어. 글을 어떻게 올리지? 아… 녹음 파일에 해
킹에 관한 얘기는 하지 않았으니까…….'

해킹당한 것을 사실로 밀어붙이고, 통화 내용에는 오해가

있었다는 식으로 글을 작성하면 될 터였다.

타타탁! 타탁!

이항두가 빠르게 새 글을 업로드했다.

내용인즉, 자신은 정말로 부대찌개닭의 사장님과 사모님을 독려하러 갔던 것인데 특혜를 달라고 그쪽에서 일방적으로 오해를 했으며 억울한 면이 없지 않다는 것이었다.

한데 그의 글이 올라오자마자 여기저기서 당시 상황을 목격한 손님들의 증언이 댓글로 달렸다.

—웃기고 있네. 제가 그 시간에 부대찌개닭에서 밥 먹고 있었거든요. 대놓고 자기 이항두라면서 특별 대접 바라더만.

—사장님이 퇴짜 놓으니 얼굴 썩어서 나감ㅋㅋㅋㅋㅋ.

—나가서 줄 서세요! 하던 사장님 목소리 생각난다. 카리스마 오지던데.

—이항두 이 인간 개쓰레기네 ㅋㅋㅋㅋ 어디까지 가나 봅시다.

—공신력 같은 소리하고 있습니다. 이제 보니까 뒷돈 먹고 리뷰하는 개새끼 아냐?

—공정한 마인드로 장사하려는 식당을 밟아 죽이려 하다니… 인성 썩었다.

'허어……'

해명하기 위해 올린 글 때문에 이항두는 더더욱 격한 공분을 사게 됐다.

"이런 제기랄!"

그는 올렸던 글을 지웠다.

그러자 다이렉트 메시지로 욕이 날아들었다.

띠링— 띠링— 띠링— 띠링— 띠링— 띠링— 띠링—

끊임없이 울리는 메시지 알림에 이항두는 정신이 나갈 지경이었다.

그가 SNS 계정 자체를 비공개로 돌려 버렸다.

그리고서는 와인 셀러에서 가장 비싼 와인을 꺼내와 코르크 마개를 뽑고는 병째 들이켰다.

꿀꺽! 꿀꺽! 꿀꺽!

"크으! 이 개새끼들이 왜 나한테만 지랄들이야아!"

결국 이항두는 그날 술에 잔뜩 절어 잠이 들었다.

*   *   *

다음 날, 아침이 새벽을 조금씩 밀어내는 시간.

지끈거리는 머리를 안고 잠에서 깬 이항두는 스마트폰부터 확인했다.

부재중 전화는 한 통도 없었다.

문자 역시 오지 않았다.

이항두는 부모님을 일찍 여의었고 형제도 따로 없었다.

게다가 여태껏 결혼도 못 한 싱글이었다.

하지만 그의 주변에는 많은 인연들이 있었다.

어제 터졌던 일이 오늘 크게 번졌으면 분명 걱정하는 연락들이 날아들었을 것이다.

이토록 조용하다는 건 영문은 모르겠으나 일이 잘 정리되었다는 게 아닐까 싶었다.

'그래. 정리됐겠지. 고작 부대찌개 한 번 줄 안 서서 먹으려 했기로서니……'

이항두가 안심하며 인터넷에 접속했다.

그때 마침 스마트폰이 울렸다.

발신인은 소속사의 김 이사였다.

"네, 김 이사님."

─교수님, 집에 계신가요?

"집입니다."

─죄송한 말씀이지만 지금 계약 해지하러 가는 길입니다. 거의 다 왔으니 기다리세요.

"네? 계약 해지라고요? 정말… 저랑 계약을 해지하겠다는 겁니까?"

─사태의 심각성을 이해 못 하시는 것 같습니다. 교수님께서는 지금 국민들의 믿음을 무너뜨리셨습니다. 교수님의 리뷰

를 철썩같이 믿고 따르던 국민들이 배신감에 몸서리치고 있습니다. 이미 항두 분식에 대한 불매 운동이 시작됐습니다. 거짓말로 점철된 혀가 맛보고 만들어낸 음식들을 먹을 수는 없다고들 합니다.

네티즌들은 이항두의 이중적인 면모에 치를 떨었다.

아울러 이항두가 절대로 공정한 기준을 두고서 리뷰를 하는 사람이 아니며, 자신에게 잘 보인 식당은 호평을 해주고, 밉보인 식당은 혹평을 한다는 예전의 루머가 진실로 대두되고 있었다.

여태 그의 엉터리 평가로 문을 닫은 식당이 몇 개인데, 항두 분식이 잘되는 꼴은 볼 수 없다던 네티즌들이 들고일어났다.

그들은 항두 분식 불매 운동을 위한 온라인 서명을 하는 중이었다.

"부, 부, 불매 운동이라니요!"

―말 그대로입니다. 아울러 우리 회사엔 회사 나름대로 손해배상 문제를 해결해 주서야 할 것 같네요. 맛있는 식당을 비롯한 7개 프로그램에서 일제히 교수님의 강제 하차 소식을 통지해 왔습니다.

"아아……."

전화를 받던 이항두는 다리에 힘이 풀렸다.

갑자기 머리까지 핑 하고 돌았다.

그 자리에서 휘청거리던 이항두가 맨바닥에 털푸덕 엉덩이를 깔았다.

─곧 도착할 겁니다.

그 말을 끝으로 통화가 끊어졌다.

이항두는 말로 다 형언 못 할 허탈함에 넋이 나가 버렸다.

김두찬의 가족들을 잘못 건드렸다가 돌이킬 수 없는 황천길에 오르고 말았다.

지금 자신에게 벌어지는 일들이 도무지 믿기지 않았다.

그런데 더 어이없는 건 이런 상황에서 아무도 그에게 연락을 하지 않는다는 것이다.

그의 상태를 걱정해 주는 이가 단 한 명도 없었다.

자업자득이었다.

이항두는 스타병에 걸리는 순간부터 주변에 소중했던 사람들을 홀대했다.

어디를 가던 잘난 척에 바쁜 척을 해댔다.

그가 뜨기 전까지 자주 연락하고 지내던 이들의 연락을 매번 씹어댔다.

그렇게 시간이 흐르다 보니 점점 더 그의 주변에 있던 사람들이 멀어져 갔다.

그 결과가 지금 이 상황이었다.

이항두가 크나큰 위기에 빠졌음에도 누구 하나 연락하지

않는 바로 이 상황.

전부 스스로가 자초한 일이었다.

비참하고 처참했다.

그는 만신창이가 된 정신을 수습하지 못하고서 계속 주저앉아 있었다.

그때.

띠링—

문자 알림 음이 들렸다.

누군가 그에게 문자를 보낸 것이다.

이항두가 얼른 문자를 확인했다.

그런데 문자를 보낸 이가 누구인지 알 수 없었다. 등록되지 않은 전화번호였다.

그가 불안한 시선으로 짧은 문자를 읽어 내려갔다.

—세상에는 건드려서 안되는 게 있는 겁니다. 안녕히 가세요. —김두찬.

"김두찬… 이, 이이이! 빌어먹을 인간이이이이이이!"

이항두가 스마트폰을 냅다 집어 던졌다.

콰직!

벽에 부딪힌 스마트폰이 그대로 부서졌다.

"으아아아아아아아아아!"

이항두가 악에 받쳐 집이 떠나가라 고함을 질렀다.

하지만 그런다고 변하는 건 아무것도 없었다.

이항두는 건드리지 말아야 할 사람을 건드렸고, 그 끝에는 파멸만이 남았다.

*   *   *

김두찬은 일찍부터 식당에 나와 부모님 일을 돕는 중이었다.

하루 종일 홀에서 서빙을 담당했다.

점심, 저녁의 가장 바쁜 타임이 지나가고 영업 마감 시간이 다가와 웨이팅이 없어질 때쯤, 홀의 텔레비전에서는 맛있는 식당 부대찌개편이 송출되었다.

부대찌개 집에서 가장 좋은 평을 받은 건 부대찌개닭이었다.

재미있게도 이항두 교수의 모습은 전부 편집되어 찾아볼 수가 없었다.

그가 없이 진행되었어도 최고 맛집을 부대찌개닭으로 선정하는 데는 아무런 무리가 없었다.

나머지 자문단이 전부 부대찌개닭을 으뜸으로 쳤기 때문이다.

프로그램의 말미에 부대찌개닭 식당에는 조만간 최고의 맛집임을 증명하는 기념패를 수여할 것이라는 자막이 나갔다.

결국 이항두가 요식업계에서 퇴출시키고 싶어 했던 부대찌개닭은 이번 사건으로 정말 '맛있는 식당'이라는 것을 한 번 더 증명하게 되었다.

이항두 사건은 부대찌개닭의 입장에서 스케일이 제법 컸던 해프닝으로 끝났다.

그러나 이항두 본인에게는 지옥과 같은 날이 시작됐다.

소속사 퇴출 및 모든 방송 프로그램 강제 하차는 기본이고 그로 인해 발생한 손해배상을 해야만 했다.

아울러 이항두가 사감을 실어 맛없다 평가했던 모든 식당 들로부터 고소장이 날아들었다.

거기서 끝이 아니었다.

한국대학교 측에서는 그를 교수에서 파직시켰다.

그의 칼럼을 정기적으로 받던 잡지들도 더 이상은 원고를 싣기 어렵다는 통보를 해왔다.

잘나가던 스타 맛 칼럼니스트 이항두는 하루아침에 실직자가 되었다.

반면, 부대찌개닭은 이항두가 의도했던 것과 역으로 홍보 효과를 톡톡히 봤다.

해서 인지도가 더 올라가는 바람에 바로 다음 날부터 찾는 손님들이 더 많아졌다.

이제는 한 매장으로 그 많은 수를 감당하기가 힘들 정도였다.

때문에 김두찬은 부모님에게 부대찌개닭 2호점을 내는 게 어떻겠느냐 제안했다.

마침 김승진과 심현미도 같은 생각을 하고 있었다.

물론 생각만 그렇다는 것이고 이를 실천하려면 2년은 족히 돈을 모아야 할 터였다.

이미 그들은 2년 뒤를 생각해서 한 달 전, 오래도록 같이 일할 주방 아주머니를 들였다.

그러고는 부대찌개닭의 맛을 똑같이 재현할 수 있도록 심현미가 열심히 가르쳤다.

원래 20년 동안 식당 일을 했던 아주머니인지라 배우는 속도가 빨랐다.

고작 한 달밖에 지나지 않았건만, 이제는 심현미가 없이도 그 맛을 똑같이 낼 수 있을 만큼 능숙해졌다.

물론 부대찌개닭의 핵심 요소인 김치 담그는 법, 그 김치로 만두를 빚는 법에 대해서는 전수하지 않았다.

특히 김치를 담그는 건 심현미의 레시피에서 조금만 틀어져도 맛이 확 변한다. 김치 맛이 변하면 만두 맛이 변하고 결국 부대찌개닭 전체의 밸런스가 깨져 버린다.

그렇게 되면 2호점을 낸 의미가 없다.

오히려 본점과 맛이 다르다며 욕만 먹을 뿐이다.

때문에 김치와 김치 만두만큼은 심현미가 직접 만들어야 안심할 수 있었다.

아무튼 사람은 준비가 되었으니 이대로 2년을 잘 벌다가 아들에게 진 빚을 갚고 2호점을 낼 계획이었다.

하지만 김두찬은 그때까지 기다릴 생각이 없었다.

가족들이 넓은 거실에 한자리에 모여 앉은 밤.

김두찬은 자기 뜻을 전했다.

"주방 아주머니께서 맛만 제대로 낸다면 다음 달이라도 2호점 내는 게 어떻겠어요?"

이틀 전, 부모님의 식당 일을 도왔던 김두찬은 기다리는 손님들에게 적잖은 불만의 말이 튀어나오는 걸 들었다.

웨이팅 시간이 너무 오래 걸려 힘들다는 얘기가 대부분이었다.

게다가 영업 마감 한 시간 전에는 더 이상 손님을 받지 않았다. 그때부터 기다렸다가 마감 시간에 걸려서 식사를 못 하는 경우가 생기지 않도록 하기 위해서였다.

하지만 손님들은 마감 시간이 아직 남았는데 왜 벌써 안받냐며 따지는 사람들도 있었다.

결국 더한 불만들이 나오기 전에 2호점을 빨리 내는 것이 상책이라고 김두찬은 생각했다.

김두찬의 의견에 그의 부모님은 한참 동안 고민을 했다.

2호점을 내는 거야 문제가 아니다.

문제는 현재 아들에게 진 빚도 다 갚지 못해 자금이 없다는 것이다.

한데 김두찬이 2호점을 빨리 내자고 말하는 건 결국 자신의 돈으로 식당 건물을 마련해 주겠다는 뜻이었다.

김승진이 이러지도 저러지도 못하는 사이 심현미가 결단을 내렸다.

"그렇게 하자, 아들!"

"어, 어허허! 두찬이한테 또 빚을 지는 건 말도 안……."

"지금 두찬이 통장에 100억도 넘게 들어 있어요. 그 정도 도움은 받을 수 있잖아요."

김두찬은 9월 고료를 정산일인 10일이 아닌 8일에 미리 받왔다.

10일이 일요일이기에 아마 출판사 측에서 금요일에 고료를 넣어준 것이다.

그 바람에 통장에는 150억가량의 금액이 담겨 있었다.

"당신… 그새 많이 뻔뻔해졌어?"

"좀 뻔뻔하게 살면 어때요. 어차피 우리가 완강하게 거절해도 두찬이 뜻대로 될 건데. 그렇지, 아들?"

"아마 그럴걸요?"

"그래도… 우리 빚에, 집에, 차에, 매장까지 또?"

"나도 얼마 전까지는 그게 부담이라고 생각했어요. 그런데 좀 유연해질 필요가 있지 않을까 싶더라고요. 우리가 아들이 해주는 걸로 놀고먹겠다는 것도 아니잖아요. 더 열심히 일하자는 건데. 게다가 두찬이가 무리하는 건 더더욱 아니고. 그렇지 않아요?"

목 좋은 곳에 식당 건물 하나 사들여 봤자 몇 억이다.

150억에서 그 정도 돈 사라진다고 타격이 되는 건 아니었다.

게다가 이건 투자라고 생각해야 맞다.

"나도 엄마 의견에 찬성!"

김두리까지 밀어붙이니 김승진도 더는 할 말이 없었다.

"이것 참……."

난감해하며 머리를 긁적이던 김승진이 김두찬을 보고서는 고개를 푹 숙였다.

"애비가 면목이 없다. 부탁한다, 두찬아."

"얼마든지요. 상가 건물 매물은 강 사장님께 부탁드려 놓을게요."

이것으로 부대찌개닭 2호점의 신호탄이 쏘아졌다.

*   *   *

9월 9일 토요일.

오늘은 몽중인에 캐스팅된 영화배우들과 크랭크인 전, 사전 미팅 겸 회식이 있는 날이다.

아울러 정령신기의 마지막 화가 올라온 날이기도 했다.

사실 정령신기의 스코어가 어마어마했기에 출판사 측에서는 조금 더 길게 연재해 주기를 바랐다.

그러나 김두찬은 채소다와의 합작에 집중하기 위해서 예정대로 정련신기를 완결 지었다.

결국 정령신기는 총 510화, 책 권수로 따지면 25권으로 마무리가 되었다.

처음 정령신기를 연재한 날이 7월 20일이니 채 두 달이 다 못되어서 25권을 써버린 것이다.

가히 인간의 속도라고는 믿기지 않는 수준이었다.

김두찬은 아침에 눈을 뜨자마자 예약해 놓은 마무리 원고들이 제대로 업데이트되었는지 확인했다.

501화부터 510화 완결까지 모든 원고가 무사히 올라가 있었다.

김두찬은 작가 후기 글을 써 올렸다.

글 말미에는 빠른 시일 내로 더 좋은 작품을 들고 돌아오겠다는 말을 넣는 것으로 마무리 지었다.

이후 그는 채소다를 만나러 갔다.

약속 장소는 채소다가 살고 있는 집이었다.

김두찬은 근처 카페에서 만나자고 제안했는데 채소다는 작품 얘기를 할 거라면 집에서 보자고 하는 게 아닌가?

그 의중이 의아했으나 김두찬은 일단 그녀의 집으로 향했다.

채소다가 살고 있는 곳은 작은 마당이 달린 단층 주택이었다.

띵동—

김두찬이 대문 앞에 달린 초인종을 누르자 '덜컹!' 하며 문이 열렸다.

그가 마당으로 들어서니 채소다가 현관에서 나와 손을 흔들었다.

"두찬아~ 안녕."

"네, 안녕하세요."

"얼른 들어와."

김두찬을 집 안으로 들인 채소다는 거실 테이블에 마주 보고 앉자마자 다급히 물었다.

"그래서 고기 사 왔어?"

"네……? 고기요?"

작품 얘기 하자고 만나서 느닷없이 고기 타령을 하니 황당했다.

"웅! 우리 집 처음 오는 거잖아. 집들이 선물은 당연히 있겠지? 그리고 집들이 선물이라면 뭐니 뭐니 해도 고기니까! 헤헤."

채소다가 해맑게 웃으며 두 손을 모아 앞으로 내밀었다.

"주세요. 고오~ 기."

"저… 누나. 혹시 오늘 집 안에서 얘기하자고 했던 게 집들이 선물로 고기 받고 싶어서 그런 건……?"

"아닙니다! 아리마셍! 치가이마셍!"

당황한 채소다가 고개를 과하게 내저으며 일본어를 툭 던졌다.

예전 같으면 그녀의 일본어를 알아듣지 못했겠지만, 지금의 김두찬은 도서관을 꾸준히 왔다 갔다 하며 지력의 능력으로 여러 나라의 언어를 익힌 상태였다.

저런 간단한 일본어는 쉽게 알아들을 수 있었다.

김두찬이 살짝 흥분한 채소다를 보며 씩 웃고는 물었다.

"おにく かって あげましょうか(고기, 사 줄까요?)?"

"ほんとうに(정말로?)?"

김두찬은 고개를 끄덕였다.

그러자 신나서 만세를 부르던 채소다가 '어라?' 하고서는 물었다.

"일본어도 할 줄 알아?"

"네. 조금요."

"와… 대단하다."

"하하. 누나도 하면서 뭐가 대단해요. 그럼 고깃집으로 가서 얘기 나눌까요?"

"아니! 우리 집에서 하자."

채소다의 얼굴에는 절대 집 밖으로 나가지 않겠다는 의지가 엿보였다.

"왜요?"

"사실… 집으로 초대한 건 밖에서 작품 얘기하는 게 싫어서 그런 거야."

그 말을 듣고 나니 비로소 김두찬은 채소다의 의중이 이해되었다.

"혹시 정체 들통날까 봐서 그래요?"

"응……."

채소다가 순순히 인정했다.

"음… 그래요, 그럼. 고기는 뭐 배달시켜 먹으면 되죠."

"역시 그렇지?"

"근데 왜 그렇게 정체를 감추려고 해요?"

전부터 김두찬은 그게 궁금했다.

채소다가 본인의 정체를 필요 이상으로 감추려고 하는 이유.

그게 뭔지 알고 싶었지만 채소다의 정체를 모른 척해주는 바람에 물어볼 수가 없었다.

그래서 미뤄두었던 질문이 이제야 입 밖으로 튀어나왔다.

채소다는 의외로 순순히 대답을 해줬다.

"응 그게… 혹시 말이야. '사신 레오스'라는 소설 알아?"

김두찬의 기억 회로가 빠르게 돌아갔다.

그러자 사신 레오스라는 이름을 가진 장르문학 책과 그 내용들이 주르륵 떠올랐다.

"네, 알아요. 5년 전에 출간됐던 걸로 기억해요."

"맞아."

"채린이라는 여성 작가님께서 집필했던 소설이었죠. 판매실적이 저조해서 4권으로 조기 완결됐지만 저는 나름대로 재미있게 읽었었어요."

"그래?"

"네. 그게 음… 뭔가 되게 신선한 세계관을 갖고 있는 소설이었죠. 그런데 너무 신선해서 문제였어요. 당시의 장르 독자들은 아직 그러한 세계관을 받아들일 준비가 되어 있지 않았거든요. 게다가 작가 스스로도 아직 그 세계관을 완벽하게 정립하지 못한 느낌이 들었어요. 때문에 신선함을 뒷받침해 줄 완숙함과 개연성이 부족했죠. 그렇다 보니 신선하다기보다는 난삽한 느낌이 더 들었을 거예요. 하지만 가능성이 무궁무진했고, 작가가 성장한다면 필시 재미있는 글이 나올 거라는 기대감이 들더라고요."

김두찬은 자신이 읽었던 사신 레오스의 감상을 덤덤하게 늘어놓았다.

그러자 채소다가 김두찬의 손을 덥석 잡더니 마른침을 꿀꺽 삼키고는 고백했다.

"두찬아. 사실… 그 채린이라는 작가가 나야."

"네?"

김두찬이 살짝 놀라 되물었다.

"나라고. 채린. 사신 레오스는 내 처녀작이자 채린이라는 필명으로 출간한 마지막 작품이었어. 매우 부끄러운 얘기지만… 그 작품을 쫄딱 말아먹는 바람에 난 차기작 계약도 못

하고서 장르 바닥을 떠나야 했다는! 꺄아아아악!"

스스로의 과거를 회상하다 혼자 부끄러워진 채소다가 비명을 지르며 발을 동동 굴렀다.

"으으… 그때를 생각하면 늘 혼미해. 기절할 것 같아. 빨리 고기 좀 시켜줘."

"아, 네네."

김두찬이 배달 어플로 족발을 시키는 걸 확인한 채소다가 계속 말을 이었다.

"아무튼 네가 말했던 문제점들이 글에 산재해 있는 데다 여자 작가라는 게 책의 판매에도 영향을 끼쳤대. 사실 필명을 채린이라고 정했을 때, 계약 제의를 보내온 출판사 측에서 남자 필명으로 바꿀 생각 없냐고 물어왔었거든. 근데 싫다고 고집 부렸다가 제대로 피 봤지. 하지만 책이 안 팔렸던 게 꼭 내 문제라고만은 생각하지 않아! 출판사 측에서도 마케팅이 영 엉망이었어."

"아, 잠깐만요."

김두찬이 무언가 걸리는 게 있어 그녀의 말을 끊었다.

"채린이라는 작가가 누나라고 그랬죠?"

"응."

"사신 레오스가 5년 전 작품인데 누나 지금 21살이잖아요."

"맞다는!"

"그럼… 16살에 책을 냈다고요? 중학교 3학년 때?"

"그것도 맞다는! 근데 족발 대자 시켰지?"

"네. 대자 시켰어요."

"잘했어! 대자 시켜야 앞발이 오거든. 뒷발은 식감이 별로야."

"아니, 그게 중요한 게 아니고… 중3 때 책을 낸 거라고요? 그때 데뷔한 거예요?"

"응. 왜?"

"……."

할 말이 없어지는 김두찬이었다.

사신 레오스는 김두찬이 말한 대로 이런저런 문제가 많은 글이었지만 중3 학생이 썼다고 했을 경우 얘기가 달라진다.

사신 레오스는 보기보다 심오한 내용이 많이 담겨 있다. 절대 그 나이대에 집필할 수 없는 글이었다.

그런데 채소다는 그걸 해냈다.

성인이 썼다면 문제가 많은 글이라 볼 수 있으나 중학교 3학년생이 집필했다면 대단한 수작이라 칭할 만했다.

"엄청나네요, 누나……."

"꺄항, 대작가님한테 칭찬받았다."

채소다는 속도 없이 좋아했다.

그런 채소다를 보며 김두찬이 확신에 차 말했다.

"누나. 우리 합작하면 정말 엄청난 작품이 나올 것 같아요."

"나도 그렇게 생각해! 김두찬 작가랑 공저를 하는 날이 오다니. 벌써부터 날아갈 것 같아."

"면전에 두고 그렇게 띄워주니까 부끄럽네요. 하하."

"사실인걸! 그래서 언제부터 연재 개시할 계획이야? 세계관 짜고 스토리 잡고 캐릭터 설정하고 줄거리 만들면… 적어도……"

고민하는 채소다를 보며 김두찬이 짧게 대답했다.

"일주일 후."

"…어?"

"일주일 후부터 연재 개시할 거예요."

"너무 이른 거 아니야?"

"가능해요."

"정말?"

"네. 서태휘 작가라면 충분해요."

확신에 차 대답하는 김두찬을 보며 채소다가 입을 달싹였다.

"두찬아……"

"네, 누나."

그녀가 어떠한 결의를 담아 말했다.

"콜라도 큰 걸로 같이 주문했어?"

"…네?"

"살짝 느끼한 족발에는 탄산이잖아. 주문 안 했어?"

"아……."

"말도 안 돼. 우리 합작 느낌이 안 좋아."

이상한 포인트에서 좌절하는 채소다였다.

Liking 68

몽중인의 배우들

이야기가 다른 곳으로 잠깐 샜지만, 채소다가 정체를 감추고 싶어하는 이유는 결국 두 가지였다.

하나는 성별이 알려지는 것이 싫어서.

또 하나는 자신이 사신 레오스를 썼다는 사실을 숨기기 위해서였다.

김두찬은 채소다와 함께 집필할 새로운 소설의 연재 시작일을 앞으로 일주일 후인 9월 16일로 정했다.

채소다는 그게 과연 가능할지 반신반의였지만 김두찬은 확신이 있었다.

그가 알기로 채소다 역시 집필 속도가 대단한 사람이었다.

김두찬이 나타나기 전까지는 속도와 재미, 퀄리티 면에서 가장 뛰어난 작가가 서태휘였다.

그녀는 하루에 한 편만 올리는 경우가 거의 없었다. 기본이 2연참에다가 일주일에 한두 번은 반드시 3연참을 유지했다.

때문에 김두찬은 속도에 대해서는 전혀 걱정하지 않았다.

다만 이번에는 김두찬이 그녀의 페이스에 속도를 맞춰줄 셈이었다.

혼자 작업할 때처럼 하루에 10편씩을 써버리면 채소다가 따라올 수 없었다.

공저이니만큼 서로의 페이스를 맞춰가며 집필해 나가는 게 중요했다.

그렇다고 채소다의 속도가 느린 건 아니니 퀄리티와 재미에 더욱 신경을 쓰는 편이 나았다.

김두찬은 우선 채소다의 집에 들른 김에 함께 족발을 뜯으며 어떤 얘기에 대해 써나갈 것인지부터 정하기로 했다.

두 사람은 이야기꾼인 만큼 아직 써보지 못한, 그래서 쓰고 싶은 이야기들이 머릿속에 잔뜩 있었다.

그것들을 두서없이 주고받다 보니 서로의 공통 분모가 존재했다.

공통 분모를 찾은 다음엔 거기에서 파생되는 이야기들로

살을 붙여 나갔다.

족발을 다 먹어갈 때쯤엔 그럴듯한 이야기의 가닥이 잡혔다.

김두찬과 채소다는 내친김에 제목까지 정해보기로 했다.

두 사람이 공통적으로 적어보고자 했던 건 인간을 비롯한 다른 이종족들의 전쟁을 다룬 대하 소설이었다.

보통 판타지소설의 초점은 인간에게 맞춰져 있다.

그리고 대부분 주인공을 인간으로 내세운다.

하지만 김두찬과 채소다는 인간과 다른 다섯의 이종족들을 모두 주인공으로 다룰 생각이었다.

한마디로 각 종족의 가장 뛰어난 영웅들의 일대기라고 보면 되는 것이다.

"음… 스케일이 큰 소설이니 사가(Saga)라는 단어를 넣고 싶습니다!"

채소다가 먼저 의견을 냈다.

"사가… 전설이나 대하소설 정도로 해석되겠네요."

"응."

"그럼 소설의 내용은 결국 종족들간의 전쟁이니까 트라이브(Tribe)를 앞에 붙이면 어떨까요?"

"트라이브 사가? 종족 전설 같은 느낌일까? 근데 너무 콩글리쉬 같은데……."

"그럼 깔끔하게 이거 어때요. 더 사가(The Saga)."

"더 사가?"

"네. 해석했을 때도 무용담 정도로 가면 괜찮을 것 같은데."

"더 사가… 더 사가… 와! 괜찮다!"

"그렇죠?"

"응. 심플하고 강렬해. 딱 좋아."

"오케이. 제목 정해졌으니까 여섯 종족을 셋씩 나눠서 각각의 스토리를 짜도록 해봐요."

"재밌겠다~! 언제까지?"

"제가 오늘 저녁에 약속이 있거든요."

김두찬이 손목시계를 슬쩍 확인했다.

"아, 그만 가봐야 돼?"

"한… 여섯 시간 남았으니까 이동하는 데 삼십 분 잡고 다섯 시간 삼십 분 동안 만들어봐요, 우리."

"…엥?"

채소다는 자신의 귀를 의심했다.

"그러니까 다섯 시간 반 동안 여섯 종족의 대략적인 스토리라인을 잡자고?"

"네. 시놉시스처럼 간단하게요. 힘들 것 같아요?"

그리 묻는 김두찬의 눈을 채소다가 똑바로 바라봤다.

그는 진심이었다.

장난 삼아 가볍게 던진 말이 아니었다.

정말로 그 짧은 시간 안에 모든 종족들의 스토리 라인을 뽑을 셈이었다.

솔직히 힘든 일이었다.

두 명이서 세 종족씩 나눠 작업한다고 해도 시간적인 여유가 너무 없었다.

하지만.

'이런 식의 작업 한 번도 해본 적 없어.'

그런 생각을 하자마자 채소다의 얼굴에 생기가 돌았다.

그녀가 두 눈을 반짝반짝 빛내며 말했다.

"해볼게, 두찬아!"

"좋아요. 잘 부탁할게요."

          *   *   *

오후 6시 10분을 넘어서는 시간.

강남의 술집으로 향하는 밴 안에서 김두찬은 노트북으로 원고를 살피는 중이었다.

원고에 적혀 있는 건 조금 전까지 채소다와 회의를 했던 내용, 더 사가의 여섯 종족들 스토리였다.

'역시 소다 누나는 천재야.'

김두찬의 주변에는 많은 천재들이 있다.

지금은 펜을 꺾은 문정욱부터 시작해서 화려하게 재기에 성공한 주화란과 동화책의 삽화를 그린 서로아까지.

하지만 그가 가장 처음으로 접했던 천재는 바로 서태휘, 채소다였다.

그녀는 다른 누구보다 빠르게 발전해 나가는 성장형 천재였다. 물론 그 무서운 성장 속도의 뒷배경에는 밤낮 없는 노력이 뒷받침되어 있었다.

채소다는 어제 쓴 글보다 오늘 쓴 글이 조금이라도 더 발전해 있는 그런 타입이었다.

서태휘라는 필명으로 이 바닥에 뛰어들고 나서 단 한 번도 퇴보하거나 멈춰 있지 않았다.

그런 꾸준함으로 늘려온 필력과 상상력이 김두찬을 만나 포텐을 터뜨렸다.

다섯 시간 반 동안 둘이서 여섯 종족의 역사와 소설 세계관에 맞는 스토리 라인을 짜야 한다니.

게다가 여섯 종족의 스토리엔 교집합이 분명이 있어야 했다.

처음엔 '과연 가능할까?' 라고 생각했었다.

이야기를 만드는 건 무리가 아니지만 시간이 턱없이 부족했다.

그런데 아니었다.

김두찬이 채소다의 옆에서 약간의 가이드라인을 잡아주며 이끌자 그녀는 부드럽게 따라왔다.

그러는가 싶더니 나중에는 김두찬을 치고 나가 앞에서 상황을 리드했다.

두 사람은 서로 앞서거니 뒷서거니 하며 스토리 라인을 만들어 나갔다.

그렇게 시간이 가는 줄도 모르고서 떠들다보니 5시 40분이 조금 넘었을 때 여섯 종족의 시놉시스가 전부 만들어졌다.

실로 놀라운 일이었다.

게다가 완성도가 상당히 높았다.

재미도 있었고, 극의 중반을 넘어서 후반으로 갈수록 드러나는 반전의 묘미도 짜릿했다.

'내 손에서 탄생한 아이들 중 최고야.'

채소다는 이미 그렇게 느끼고 있었다.

김두찬 역시 더 사가가 영웅의 노래와 정령신기를 압도하는 소설이 되리라는 예감이 들었다.

김두찬은 여섯 종족의 이야기를 빠르게 읽어 내려가면서 S랭크 스토리텔링의 능력 파악과 재구성으로 자잘한 오류를 잡아냈다.

그렇게 하고 나니 더는 손댈 것이 없는 완벽한 시놉시스가 만들어졌다.

그때쯤, 밴은 약속 장소에 김두찬을 내려주었다.

'조금 늦었는데 욕먹는 건 아니겠지?'

채소다와 더 사가의 시놉시스를 만들다 보니 본의 아니게 15분 정도 지각을 했다.

기라성 같은 배우들이 가득 모인 자리인데 나이도 가장 어린 자신이 지각을 해버린 것이 못내 신경 쓰이는 김두찬이었다.

겉보기에도 상당히 비싸 보이는 술집 안으로 그가 들어섰다.

그러자 여종업원이 김두찬을 바로 알아보고서 예약된 방으로 안내했다.

여종업원은 김두찬을 안내하는 짧은 순간 자연스러운 미소와 행동으로 일관했지만, 실은 평상심을 찾기 힘든 상태였다.

김두찬의 실물을 접하자마자 심장이 터질 것처럼 뛰었기 때문이다.

'정신 차려야지.'

이런 고급 술집에서는 사소한 실수 하나로 그냥 잘리는 수가 있었다.

똑똑.

겨우 목적지까지 도착한 종업원이 노크를 하고 닫힌 문을 열었다.

두근두근.

그럼에 따라 김두찬의 가슴이 기분 좋게 뛰었다.

그동안 혼자서 동경했던 배우들을 직접 마주하게 된다니, 이 순간이 꿈만 같았다.

부드럽게 열린 문 너머로 긴 테이블이 놓인 방 안 광경이 드러났다.

예몽진 감독을 중심으로 한 자리씩 차지한 채 즐겁게 대화를 나누던 배우들의 시선이 일제히 김두찬에게 집중됐다.

"마지막 손님 오셨습니다."

여종업원은 그 말을 끝으로 아쉬운 발걸음을 옮겼다.

그러다가 힐끔 고개를 돌려 방 안으로 들어서는 김두찬의 뒷모습을 훔쳐보았다.

"진짜 잘생겼다……."

그녀가 저도 모르게 중얼거렸다.

한데 그와 똑같은 말이 방 안에서도 흘러나왔다.

"와… 진짜 잘생기셨다."

김두찬을 보며 대놓고 그런 말을 한 사람은 몽중인의 여주인공 지연 역을 맡은 플레이 인 소속 배우 서여름이었다.

서여름은 청순 미녀의 대명사로 한창 주가를 올리고 있는 25살의 여배우로 아역 연기자 출신이었다.

7살 때 아역으로 데뷔했으니 무려 18년 동안 연기를 해온 것이다.

때문에 25살이라는 나이에 비해 연기력이 탄탄했다.

로맨스 코미디, 정통 멜로, 호러, 스릴러 등등 전천후로 활동하며 연기의 스펙트럼이 넓다는 것을 몸소 증명하고 있었다.

게다가 저토록 다양한 연기를 선보임에도 청순한 여인이라는 타이틀을 놓치지 않았다.

한데 김두찬이 직접 본 서여름은 청순하다기보다는 섹시하단 느낌이 더 강했다.

아니, 서여름뿐만이 아니었다.

이 자리에 모인 사람들 전부에게서, 심지어 예몽진 감독에게서까지 섹시함이 풍겨졌다.

'이게… 기본적으로 사람을 잡아끄는 매력.'

이것도 어찌 보면 카리스마 중의 하나였다.

가만히 있는데도 상대방을 끌어당기는 매력이 모두에게 있었고, 그것이 섹시하다는 감정으로 어필되었다.

예몽진 감독의 경우는 배우들과 떨어져 있을 때는 그런 느낌이 덜했었다.

한데 자신이 이끌고 가야 하는 배우들 사이에 있으니 존재감이 확 부각되었다.

이 배를 이끄는 믿음직한 선장이라는 느낌이 강하게 다가왔다.

"여름아, 오빠 서운하다. 나한테는 한 번도 잘생겼다는 말 안 해주더니."

김두찬에게서 도통 시선을 떼지 못한 채 감탄하고 있는 서여름을 보며 정태조가 투덜댔다.

그는 몽중인에서 현실의 남자 석현 역을 맡았다.

정태조는 올해 32살로 근 3년 동안 주연으로 등장한 모든 영화를 히트시켰다.

정태조의 특징은 모든 배역을 '정태조'화 시켜 버린다는 데 있었다.

아무리 개성 없는 캐릭터라도 정태조를 만나면 개성 있는 캐릭터가 되어버리는 것이다.

충무로에 정태조 같은 배우들이 몇 있는데 그중에서도 정태조는 발군이었다.

"형. 형 잘생긴 거 누가 말해줘야 알아요?"

서여름에게 툴툴대는 정태조를 옆에 앉아 있던 지우민이 달랬다.

지우민은 28살의 전형적인 꽃미남이었다.

한때는 얼굴 때문에 연기가 보이지 않는다는 말을 들을 정도였다.

하지만 각고의 노력 끝에 그는 눈부신 발전을 이루었고, 지금은 어느 배역이든 소화하지 못하는 것이 없었다.

정태조가 캐릭터를 자신에게 맞게 바꿔놓는다면, 지우민은 그 캐릭터 자체가 되어버리는 타입이었다.

한마디로 두 남자 배우의 스타일은 정반대였다.

"자자, 일단 인사부터 나누도록 합시다!"

예몽진이 자리에서 일어나 말했다.

그제야 배우들이 김두찬에게 인사를 건넸다.

김두찬은 예몽진과 함께한 일곱 명의 배우들 모두와 인사를 나눈 다음에야 엉덩이를 붙일 수 있었다.

그러고는 바로 사과의 말을 건넸다.

"제가 개인적인 일 때문에 조금 늦었어요. 죄송합니다."

그리 말하는 김두찬을 서여름을 비롯, 자리에 있는 두 명의 여배우가 사랑스러운 시선으로 바라봤다.

"늦은 게 대수예요? 안 왔으면 큰일 날 뻔했는데."

"그러니까. 온 게 어디예요? 와줘서 고마워요. 나 이 얼굴 오늘 밤 꿈속에서 꺼내 볼려고."

상대적으로 서여름보다 나이가 많은 서른 줄의 여배우 두 명이 대놓고 김두찬에게 호감을 드러냈다.

그런 여배우들을 보며 남배우들이 키득거렸다.

"하여튼, 우리 누님들 언제나 혈기 왕성한 건 알아줘야 한다니까."

정태조가 농을 흘리자 가장 나이 많은 여배우 조설희가 눈을 가늘게 떴다.

"태조 너 자꾸 그런 식으로 말하면 잡아먹어 버린다."

"죄송해요, 누님. 취소!"

"아, 취소하지 마. 잡아먹고 싶어."

조설희가 정태조의 옆으로 자리를 옮겨 찰싹 안겼다.

그러자 그걸 보며 다른 배우들이 휘파람을 불고 박수를 쳐 댔다.

김두찬은 그 광경을 멍하니 바라봤다.

'이게… 배우들의 술자리?'

무언가 자신이 상상했던 것과는 너무나 달랐다.

배우들의 술자리는 뭔가 우아하고 다를 것이라 짐작했었는데.

김두찬의 기대감이 와장창 무너지는 순간이었다.

이를 본 예몽진이 김두찬에게 귓속말을 건넸다.

"김 작가님. 배우들도 사람이오! 아니, 이렇게 술 먹고 놀 때는 보통 사람들보다 더 과격해지는 경향이 있소. 어쩔 수 없어요. 흥이 많은 사람들이니까. 그냥 동네에서 잘 노는 날라리들과 술자리 한다고 생각하면 편할 거요!"

"아… 네."

예몽진의 말을 듣고 나니 이성적으로 이해는 갔다.

하지만 감성적인 부분이 받아들여지지가 않았다.

술을 물처럼 마시면서, 저렴과 천박의 사이를 오가는 말투, 행동을 일삼는 배우들의 모습은 도저히 적응하기가 힘들었다.

그래서 김두찬은 그저 혼자 술만 홀짝였다.

한데 배우들은 그런 김두찬에게 알게 모르게 계속 시선을 주었다.

그들은 하나같이 김두찬의 외모에 감탄을 금치 못하고 있었다.

특히 여자들은 김두찬을 바라볼 때마다 심박 수가 빨라져 주체가 되지 않았다.

겉으로는 아무렇지 않은 척했지만 속으로는 김두찬의 옆자리에 앉을 타이밍만 노리고 있었다.

하지만 지금 김두찬의 옆엔 서여름이 앉아 있었다.

그녀 역시 다른 여배우들처럼 김두찬을 힐끔거리다가 용기를 내서 한마디를 건넸다.

"김 작가님. 작가님도 이번에 배역 하나 맡으셨다면서요?"

"네. 예 감독님께서 좋게 봐주시는 바람에 그렇게 됐어요."

"연기해 본 적 있어요?"

"아니요."

"왜요? 그 정도 마스크면 어떤 배역을 해도 반은 먹고 들어
갈 것 같은데."

"저는 이쪽 바닥에서 깊게 일할 생각이 없어요. 그냥 경험
정도만 쌓고 싶은 거예요."

"알았다! 글 쓰는 데 소재로 삼으려고 그러는 거죠?"

"꼭 소재로 삼기보다는… 그냥 무엇이든 경험을 해보는 게
그런 장면을 집필할 때 더 리얼하게 나오니까요?"

"와, 멋져요. 그런 마인드. 제가 작가님 촬영할 때 옆에서 봐
드릴게요."

"네?"

"연기하다 어려운 부분 있으면 아낌없이 조언해 드리겠다는
말이에요."

서여름이 말을 하며 방긋 웃었다.

그 미소가 청순하기도 하면서 은근히 뇌쇄적인 면이 있어
뭇 남성들의 피를 들끓게 할 만했다.

하지만 이미 그녀보다 아름다운 애인을 곁에 둔 김두찬의
가슴은 그저 평온했다.

"아, 감사합니다."

김두찬이 짧게 답하고 술잔을 들었다.

그러자 서여름이 동시에 술잔을 들어 건배를 했다.

"짠! 앞으로 잘 부탁드려요, 작가님!"

"저두요."

술을 비운 서여름은 다시 다른 배우들 사이에 섞여 놀았다.

김두찬은 그런 배우들을 가만히 바라보다가 문득 궁금한 것이 생겼다.

'저 사람들은 평소에 어떤 생각을 하고 사는 걸까.'

그것이 은근히 궁금했다.

김두찬은 그들의 내면을 들여다보고 싶었다.

일반인이라면 이런 욕구가 그저 부질없는 것으로 끝나 버렸겠지만 김두찬은 아니었다.

그에게는 상상력 S랭크의 특전인 상상 공유라는 힘이 있었다.

'배우의 내면을 알아볼 겸… 그리고 연기 공부도 할 겸.'

상상 공유는 다른 생명체의 상상을 들여다보는 힘이다.

배우들의 상상을 들여다보고 그것을 가져와 드림 룰러의 능력으로 꿈에서 실현시키면 분명 김두찬의 연기력도 늘어날 터였다.

'그럼 누구를 타깃으로 하지?'

김두찬이 배우들의 면면을 살피다가 한 사람의 택했다.

상상 공유의 대상이 된 사람은 석현 역을 맡은 정태조였다.

김두찬의 그에게 상상 공유를 사용했다.

그러자 김두찬의 정신이 정태조의 내면으로 흘러들어 갔다.

김두찬은 그 안에서 정태조의 여러 가지 생각들, 흔적들, 사고 방식, 그가 겪었던 일, 그가 상상하는 것, 희망, 꿈 등등 여러 가지 것들을 보고 나왔다.

　현실에서 지난 시간은 5분이 고작이었지만, 김두찬이 체감한 건 1시간이 넘었다.

　그런데.

　'…이런.'

　정태조의 내면을 들여다본 김두찬의 얼굴에 수심이 어렸다.

Liking 69

정태조의 사정

진실한 사람. 착한 남자. 가장 세금을 잘 낼 것 같은 연예인 1위. 거짓말 못하는 연예인. 불의를 참지 못하는 사내.

전부 정태조의 이름 앞에 붙는 미사여구였다.

그런데 그런 정태조가.

'동거녀에 숨겨놓은 애까지 있어?'

정태조는 대외적으로 싱글남으로 알려져 있다.

그는 최근의 한 방송에서 6년 전 연애를 한 것이 마지막이라고 밝혔다.

이후로는 여자 손도 잡아보지 못했다고 했다.

그런 그의 말을 팬들은 아무 의심 없이 믿었다.

연예계 활동 10년 동안 단 한 번도 스캔들이나 여배우와의 염문이 터지지 않았을 만큼 그의 이미지는 깨끗했기 때문이다.

정태조의 거짓말을 믿은 건 비단 팬뿐만이 아니었다.

그와 친한 동료 연예인들까지도 정태조가 싱글이라 철석같이 믿고 있었다.

진실을 알고 있는 건 소속사 관계자밖에 없었다.

소속사에서는 동거녀와 아이에 대한 얘기가 새어 나가 버릴 경우 여태껏 쌓아왔던 모든 것이 물거품으로 사라질 테니 조심하라 일렀다.

하지만 꼬리가 길면 밟히기 마련이다.

'정태조의 거짓말이 들통나 버리면 큰일인데.'

김두찬은 걱정이 됐다.

물론 정태조는 여태껏 이토록 거대한 비밀을 입 밖으로 뻥긋하지 않은 만큼 앞으로도 실수로 발설할 일은 없을 것이다.

문제는 그의 동거녀 이수인이었다.

김두찬이 읽은 정태조의 상상 속에서 이수인이라는 존재는 어마어마한 스트레스의 근원으로 다가왔다.

정태조는 그녀를 떠올리는 것만으로도 불안에 휩싸이는 상태였다.

그 이유는 이수인이 더 이상 이렇게 없는 사람으로 살기 싫다며 자신의 존재를 밝힐 것이라 나섰기 때문이다.

그게 불과 한 달 전이다.

정확히 몽중인의 캐스팅 제의가 들어간 시점이었다.

'난감하네.'

정태조가 느끼는 불안감과 스트레스의 크기로 봐서 이수인은 곧 이 사실을 세간에 알릴 모양인 듯했다.

물론 정태조가 한창 잘나가는 연예인인 만큼 그런 사건이 터질 경우 소속사 측에서 무마시키기 위해 노력할 것이다.

하지만 김두찬의 예상에 정태조는 절대로 이수인을 버릴 것 같지 않았다.

이수인이 그의 발목을 잡고 있는 상황은 맞다.

그렇다고 정태조가 그녀를 사랑하지 않는 건 아니다.

김두찬은 그의 상상 속에서 이수인에 대한 진실한 사랑을 느꼈다.

한데 정태조가 확 뜨기 시작하는 시기에 이수인과의 사이에서 아이가 생기며 일이 복잡하게 꼬여 버린 것이다.

사실 7년 전, 이수인과 처음 연애를 시작할 당시에는 일이 이렇게 커질 줄 몰랐었다.

정태조는 자신이 한 여인을 그토록 사랑하게 되리라는 것 역시 알지 못했다.

그가 세상에 이름을 알리기 시작한 건 이수인과 연애를 시작한 지 1년이 지난 후.

드라마 조연을 맡으면서부터였다.

일이 잘 풀리니 마음에 여유가 생기고 그럴수록 주변 사람들도 더욱 자주 돌아보게 됐다.

더불어 이수인 역시 그에게 더욱 큰 존재가 되었다.

그에 정태조는 자신에게 연인이 있다는 걸 알리고 싶어 했다.

하지만 소속사에서 이를 막았다.

이제야 빛 보려는 참인데 스스로 구덩이 파고 들어갈 셈이냐고 타박을 했다.

당시 정태조가 맡은 배역은 어느 여자에게도 마음을 주지 않는, 하지만 모든 여자의 가슴을 설레게 만드는 로맨틱 가이였다.

그러한 이미지가 주효하게 먹혀 이후에도 비슷한 배역들이 몰려 들어오는 중이었다.

CF도 세 개나 찍었다.

팬클럽의 회원들은 하나같이 만인의 연인인 정태조를 좋아했다.

누군가에게 소속된 정태조를 그들은 원하지 않았다.

이런 상황에서는 정태조에게 1년 넘게 만나온 연인이 있다는 걸 알게 되는 순간, 쌓아놓은 이미지는 깨지고 들어온 배역도 도로 나갈 판이었다.

소속사에서는 정태조에게 네가 빛 볼 수 있는 마지막 기회이니 여자 때문에 망치지 말라 조언했다.

사실 소속사 측에서는 정태조가 지금 연인과 헤어지는 것이 베스트라 여겼지만 그걸 강요하지는 않았다.

다만 들키지만 말라 당부했다.

연예인은 이미지로 먹고 사는 직업이다.

그만큼 이미지 관리는 중요했다.

정태조 역시 그렇게 하리라 소속사에 다짐하고서 이수인에게 사정을 설명했다.

이수인 역시 사랑하는 남자의 앞길을 막기 싫어 정태조를 이해하기로 했다.

게다가 그때까지만 해도 두 사람은 결혼까지 생각을 하지 않았던 상황이었다.

다만 헤어지기에는 서로를 너무 많이 좋아했다.

그렇게 시간이 흘렀다.

정태조는 한번 뜨기 시작한 이후부터 무섭게 성장해 나갔다.

이수인과 연애를 한 지 4년째가 된 해부터는 모든 드라마나 영화에 주연급 캐스팅 제의가 쏟아졌다.

그만큼 CF도 많이 찍었고 예능에도 자주 얼굴을 내비치며 꾸준히 인기를 유지해 왔다.

뒤늦게 빛을 본 배우치고 이토록 크게 성공한 사람은 국내에서도 몇 되지 않았다.

그중 한 명이 정태조가 됐다.

그렇다 보니 더더욱 이수인과의 관계를 밝히기가 힘들어졌다.

여전히 정태조는 티 없이 맑은 국민 순수남이라는 꼬리표를 떼지 못한 상태였기 때문이다.

그런 상황에서 그가 여태 거짓말을 하고 있었다는 게 밝혀질 경우 팬은 물론이고, 그를 브라운관과 스크린에서 접했던 국민들도 모두 등을 돌릴 게 불 보듯 뻔했다.

여태껏 그를 먹여 살려준 이미지가, 그의 가장 사랑하는 사람에 대해 밝힐 수 없는 양날의 검이 되어 돌아온 것이다.

하나, 그때까지만 해도 정태조와 이수인은 견딜 만했다.

무려 4년 동안 사람들 눈을 피해 연애를 해왔더니 이제는 도가 터버렸다.

어떻게 해야 둘만의 시간을 몰래 즐길 수 있는지에 대해서는 책을 집필하라 해도 가능할 정도였다.

물론 언제까지 이런 상황을 이어가야 하나 싶은 회의감이 문득문득 들기는 했다.

그런데 이런 관계의 종결을 알리는 사건이 터졌으니 이수인의 임신이었다.

이수인은 아이를 낳고 싶어 했고, 정태조 역시 그녀와 같은 마음이었다.

하지만 아버지가 누구인지 떳떳하게 밝히지도 못하는 상황에서 아이를 키우기는 싫었다.

그렇다고 모든 걸 밝히자니 정태조가 쌓아온 것들이 무너질까 겁이 났다.

결국 정태조와 이수인은 사람들 몰래 살림을 합쳐 동거 생활을 하는 것으로 합의를 봤다.

아이의 아버지가 정태조라는 걸 알릴 수는 없어도, 아이 곁에 아빠가 있어줬으면 했기 때문이다.

그렇게 세상 사람들 모두를 속이며 시작한 동거는 3년이라는 시간이 흘러 지금에 이르렀다.

그동안 이수인과 그녀의 딸은 세상에 없는 사람처럼 지내왔다.

이수인은 딸의 아빠가 누구인지 밝힐 수 없었다.

어차피 부모님은 그녀가 어렸을 적 일찍 돌아가신지라 가족에게 숨기거나 할 필요는 없었다.

하지만 세상으로부터 고립되는 기분은 견딜 수 없이 힘들었다.

그런 기간이 3년에 이르다 보니 인내심이 한계에 다다른 것이다.

김두찬은 정태조의 이런 자세한 내막까지는 알지 못했다.

그가 아는 것은 정태조가 숨기고 있는 진실의 큰 그림뿐이었다.

하나, 그 정도만 알아도 위에 열거한 대부분의 사실들을 유추하기에는 충분했다.

'어쩌지.'

김두찬은 생각했다.

정태조 사건이 터지면 필히 영화에도 지장이 갈 게 분명했다.

정태조를 믿고 있던 국민들의 배신감은 분노가 되어 돌아온다.

그럼 정태조와 관련된 모든 것들이 그 분노의 타깃이 되어버린다.

따라서 정태조를 하차시키려면 지금 해야 한다.

한창 영화를 찍고 있는 와중 이수인이 폭탄 발언을 해버리면 그땐 늦는다.

도중에 배역을 바꾸기란 여간 힘든 일이 아니다.

지금까지 찍어왔던 모든 신을 재촬영해야 하기 때문이다.

'그러기엔 너무 아까운 배운데… 딱하기도 하고.'

성공과 사랑.

정태조는 단지 그 두 가지를 잡고 싶었을 뿐이다.

그런데 어쩌다 보니 상황이 여기까지 와버리고 말았다.

김두찬은 뭔가 방법이 없을까 생각했다.

고민은 술자리가 끝날 때까지 계속해서 이어졌다.

$$*\qquad*\qquad*$$

2차로 이어진 술자리에서는 여배우들이 각자의 사정이 있어서 모두 빠졌다.

여배우들은 자리를 벗어나기 전에 하나같이 김두찬의 연락처를 받아갔다.

그녀들의 눈에서는 오늘은 아쉽게 물러나지만 다음번에는 꼭 관계의 진전을 이루어내고야 말겠다는 의지가 엿보였다.

2차로 이어진 술자리는 3시가 넘어서야 끝났다.

그쯤 되자 술에 떡이 된 배우들 몇 명이 더 빠졌다.

결국 3차 포장마차까지 살아남은 이들은 김두찬을 포함해 예몽진, 정태조, 지우민 넷이 전부였다.

그들은 모두 김두찬의 주량에 혀를 내두르는 중이었다.

연예계 대표 주당이라 일컬어지는 지우민도 취기가 상당히 올라올 만큼 오늘은 무섭게 달렸다.

그럼에도 김두찬은 얼굴색 하나 변하지 않았다.

혀가 꼬이거나 비틀거리는 모습도 없었다.

술을 먹기 전과 똑같은 상태로 멀쩡하게 행동했다.

그에 지우민이 곰장어를 집어 먹으며 고개를 절레절레 저었다.

"너무 사기다. 배우보다 잘생겨, 허우대 좋아, 글도 잘 써, 여자들한테는 시크한 매력으로 어필하시지. 거기에 술도 잘 마시고?"

"김 작가님. 그냥 배우 쪽으로 나가보는 게 어때요?"

지우민에 이어 정태조도 김두찬에게 한마디를 했다.

그는 이미 상당히 취해서 눈이 잔뜩 풀려 있었다.

김두찬은 그때까지도 이 배우를 어떻게 수습해서 끌어나가야 할지만 생각하고 있었다.

그러다 문득 좋은 생각이 떠올랐다.

정태조가 모든 사실을 밝혀도 욕을 들어먹지 않을 수 있는 방법이 한 가지 있었다.

아니, 욕은커녕 오히려 박수를 받을지도 모르는 일이다.

김두찬은 그런 속내를 감추고서 고개를 살짝 저었다.

"저는 맛만 보고 싶을 뿐이에요. 글 쓰는 게 제 천직입니다."

"그래요? 얼굴이 참… 아깝네."

웅얼거리며 말을 한 정태조가 소주 한 잔을 목으로 넘겼다.

그런 정태조에게 김두찬이 물었다.

"그런데 여기 화장실이 어디 있어요?"

"화장실 가시려고? 나랑 같이 갑시다. 두 분이 얘기 나누고 있어요."

정태조가 앞장서서 포장마차를 나섰다.

김두찬은 화장실이 어딘지 물어본 뒤, 정태조에게 같이 가 달라 청할 셈이었는데 그가 먼저 움직여 주니 땡큐였다.

정태조를 따라나서는 김두찬에게 예몽진이 부탁했다.

"많이 취한 것 같으니 정 배우 좀 잘 케어해 주시오."

"알겠어요."

김두찬이 정태조를 따라 근처 상가 건물 화장실로 들어섰다.

마침 화장실에는 사람이 없었다.

정태조는 바로 소변기 앞에 가서 볼일을 보는데 김두찬은 세 개의 화장실 칸을 모두 열어보느라 분주했다.

비로소 그 안에도 사람이 없음을 확인한 김두찬은 정태조의 옆에 가서 섰다.

그리고 계획했던 일을 실행하기 위해 상태창을 띄웠다.

'핵이 두 개. 됐다.'

김두찬이 핵 2개를 전부 매혹에 사용했다.

그러자 시스템 메시지가 나타났다.

[매혹의 랭크가 SS로 업그레이드됐습니다. 랭크 업 특전이 주어집니다. 모든 사람들의 호감도 감소율이 낮아지고 증가율이 높아집니다.]

[매혹의 랭크가 SSS로 업그레이드됐습니다. 랭크 업 특전이 주어집니다. 한 달에 한 번, 한 사람에게 최면술을 사용할 수 있게 됩니다. 최면의 대상은 무조건 최면에 걸립니다.]

핵의 사용으로 인해 매혹이 SSS랭크로 업그레이드됐다.

그때쯤 이미 정태조는 볼일을 끝낸 후였다.

그가 살짝 비틀거리며 김두찬에게 물었다.

"화장실 급하다더니 왜 그러고 있어요? 아~ 낯가리시는구나. 그럼 그냥 위치만 알려줄 걸, 괜히 따라왔네요. 하하."

멋쩍게 웃는 정태조를 김두찬이 똑바로 바라봤다.

취한 와중에도 그 시선이 부담스러웠던 정태조가 고개를 돌리려 했다.

한데 그 순간, 김두찬이 정태조에게 최면의 힘을 사용했다.

그러자 정태조의 몸이 바위처럼 굳었다. 동시에 김두찬의 존재감이 태산처럼 거대해지며 정태조를 압도했다.

'이게 무슨……'

정태조는 자신이 술에 너무 취한 건가 싶었다. 그것이 그가 최면에 완전히 빠지기 전 마지막으로 하게 된 이성적인 생각이었다.

김두찬은 얼른 화장실 문을 잠갔다.

이어 사위가 고요한 와중, 정태조의 귀로 김두찬의 음성이 들려왔다.

"정 배우님. 정 배우님은 지금부터 제가 하는 말에 따라 행동해야 하고 제 말이 모두 진실이라 믿게 됩니다."

정태조가 멍한 얼굴로 고개를 끄덕였다.

핵을 두 개 사용했으니 SSS랭크가 유지 가능한 시간은 2분.

이미 10초 정도가 지나갔으니 1분 50초 안에 상황을 마무리 지어야 했다.

"정 배우님은 오늘 술김에 화장실에서 저한테 본인의 비밀에 대해 모두 말한 겁니다. 동거하고 있는 여인 이수인과 그 사이에서 태어난 딸 정하민의 존재에 대해서 전부 털어놓은 겁니다. 그리고……."

*　　　*　　　*

포장마차로 돌아온 두 사람은 아무 일도 없었다는 다시 술자리를 즐겼다.

김두찬은 화장실 안에서 그의 계획을 실천하기 위한 밑 작업을 무사히 끝냈다.

이번 일이 계획대로만 흘러간다면 정태조는 살아남고 덩달아 영화 홍보까지 될 터였다.

아울러 정태조의 무한한 신뢰까지 덤으로 얻게 되리라 확신했다.

그럴 경우 정태조는 몽중인에 배우로 참여한 것이니 김두찬과 합작을 한 것으로 인정이 되고 사단의 일원으로 받아들일 수 있다.

정태조를 살리고 영화를 홍보하며, 인생 역전의 퀘스트까지 수행하게 되는 것이다.

'1석 3조야.'

물론 이 보상들은 김두찬이 원하는 대로 일이 진행되었을 때의 얘기이긴 했다.

그리고 이 계획을 무사히 진행하기 위해서 꼭 필요한 것이 남아 있었다.

오트 퀴진을 집필했던 또 한 명의 김두찬.

인기영이 다시 세상에 나서줄 때였다.

Liking 70

첫 촬영

해가 기지개를 켜는 새벽녘.

"음……."

정태조는 목이 타는 기분에 신음을 흘리며 눈을 떴다.

그의 옆에서는 사랑하는 아내와 네 살 난 딸이 곤히 잠들어 있었다.

정태조는 두 사람을 깨우지 않도록 조심스레 일어나 주방으로 갔다.

냉장고에서 시원한 보리차를 꺼내 벌컥벌컥 들이켜니 비로소 정신이 들었다.

"몇 시야?"

버릇처럼 챙겨 나온 스마트폰을 확인했다.

액정엔 '6:27'이라는 숫자가 보였다.

정태조가 문자를 확인했다.

택시비를 지불했다는 요금 결제 문자가 새벽 네 시 조금 넘은 시간에 찍혀 있었다.

결국 세 시간도 채 못 자고서 눈을 뜬 것이다.

정태조는 술을 진창 마시면 다음 날은 무조건 시체처럼 누워 있어야 간이 해독되는 타입이었다.

그런데 오늘, 이렇게 이른 시간에 눈이 떠진 건 비단 목이 타서만은 아니었다.

그의 가슴속을 무겁게 짓누르는 무언가가 숙면을 방해한 것이다.

문득 전날의 기억이 떠오른 정태조는 머리를 마구 쥐어뜯었다.

'내가 어쩌자고 그런 얘기를 해서. 아무리 술을 많이 마셨어도 그렇지!'

어제, 몽중인에 캐스팅된 배우들과 술을 나누는 자리에서 그는 원작자 김두찬을 만났다.

사람이 처음 보는 순간부터 묘하게 호감이 갔다.

단순히 얼굴이 잘생기고 성격이 좋아서는 아니었다.

그것을 아우르는 더 큰 무언가가 그에게는 존재했다.

그저 보는 것만으로도 사람의 혼을 빼앗는 것 같은 무서운 매력이 있는 사람이었다.

그런 건 후천적으로 생기는 경우가 대부분이지만, 선천적으로 타고나는 사람들도 있었다.

그리고 후자의 사람들이 대부분 연예계 쪽에 발을 담그게 된다. 그 안에서 또다시 자신을 갈고닦는다. 그래서 얼마나 스스로의 매력을 잘 키웠느냐에 따라 스타로 떠오르는 것이다.

지금 정태조가 바로 그 스타였다.

하지만 정태조는 아직도 부족하다고 여겼다. 자신보다 유명한 배우들은 만나는 순간 블랙홀처럼 사람의 마음을 끌어당겼다. 정태조는 그 정도까지는 아니었다.

그런데 김두찬은 그 톱 배우들 이상의 매력을 지닌 사람이었다.

그 정도의 기운이라면 지나가는 것만으로 사람의 시선을 끌기에 충분했다.

글만 쓰고 있기에는 아까운 인재였다.

'너무 홀렸나? 그래서 내 얘기를 해버린 걸까.'

정태조가 생각을 거듭하다 짧게 한숨을 내쉬었다.

이미 저질러 버린 일이다.

고민한다고 해서 되돌릴 수는 없었다. 그저 김두찬 작가가 비밀을 잘 지켜주기를 바라야 했다.

'어디 가서 쉽게 입 놀릴 친구는 아닌 것 같았어.'

만약 그런 느낌이 조금이라도 들었다면 절대 자신의 얘기를 꺼내지 않았을 터였다.

'아니, 믿음이 간다고 해도 그렇지. 진짜 미친 거 아니냐, 정태조. 이렇게 중요한 시기에…….'

정태조는 자신의 기억이 김두찬의 최면으로 조작되었다는 걸 모르고서 스스로를 자책했다.

*   *   *

타타타탁! 타타탁!

일요일.

늦은 아침부터 김두찬의 방 안엔 타자를 두들기는 소리가 정적을 밀어내고 있었다.

김두찬은 새벽 다섯 시 무렵 귀가했다.

그 이후부터 한숨도 자지 않고 새 소설의 스토리를 구상했다.

두 페이지가량의 짧은 스토리가 완성되자 바로 잠을 청했다.

그러자 드림 룰러의 능력이 자동으로 발동되었다.

꿈속에서 김두찬은 정태조가 되어 있었다.

상상 공유로 들여다본 정태조의 내면을 꿈속에 그대로 구현했다.

그는 정태조가 된 몸으로 열흘을 생활했다.

꿈속 세상에서 보내는 열흘 동안 정태조가 된 김두찬은 지난 과거를 계속 회상했다.

힘들었던 무명 시절의 고충과 아픔들이 어제 겪었던 일처럼 생생했다.

비록 꿈속 세상이지만 리얼리티가 적용되다 보니 먹고 자고 싸는 생물학적 행동도 필요했다.

그 시간 외에는 온통 과거의 회상만을 거듭했다.

그러다 보니 서러움이 복받쳤다. 정말 힘든 때를 떠올리면 울컥하는 마음에 눈물도 더러 났다.

그렇게 열흘이라는 시간이 흘러간 뒤, 김두찬은 꿈에서 깼다.

꿈속에서 느꼈던 정태조의 모든 감정들이 고스란히 가슴에 남아 있었다.

시계를 보니 고작 여덟 시 반이었다.

하지만 몸의 피로는 없었다.

그때부터 김두찬은 열심히 키보드를 두드렸다.

신들린 듯 키보드 위에서 춤추는 손가락은 멈출 줄을 몰랐다. 해가 중천에 떴다가 산 너머로 모습을 감출 때까지도 계속 움직였다.

황혼이 깔리고 땅거미가 내리기 시작했다.

그때가 되어서야 비로소 김두찬의 손이 멈췄다.

"됐어."

무려 12시간가량 쉬지 않고 이어진 집필이 비로소 끝났다.

이번 일반 소설은 장르소설을 집필하던 페이스와 똑같은 속도로 타자를 두들겼다.

그러니까 1시간에 1만 자는 족히 채운 것이다.

그 속도로 12시간 집필했으니 초고의 분량은 12만 자가 넘었다.

"후우."

시간의 흐름도 잊은 채 작업에 빠져 있다가 비로소 한숨 돌린 김두찬이 손을 주물렀다.

손가락에 열이 오르고 살짝 부어 있었다.

"손 관리도 좀 해야겠네. 이러다가 다 망가질라. 그나저나 하루 만에 글이 완성될 줄은 몰랐어."

이번 글은 다른 글들에 비해 상대적으로 집필이 쉬웠다.

김두찬은 늘 무에서 유를 창조해 냈다.

한데 지금 집필한 글은 정태조의 과거사에 양념을 가미해 풀어낸 것뿐이다.

있는 사실을 극적으로 수정하는 것 말고는 크게 신경 쓸 부분이 존재치 않았다.

사실 정태조의 인생 자체가 드라마 같아서 많이 수정할 필요도 없었다.

정태조의 과거는 워낙 힘들고 아팠다.

그런 그가 오랜 무명 시절의 끝에 겨우 빛을 보고 대스타로 거듭났다.

그 과정에서 글을 읽는 독자들은 카타르시스를 느낄 것이다.

이건 상당히 중요한 부분이었다.

이 글이 재미있느냐 없느냐를 결정짓는 요소이기 때문이다.

김두찬이 그리고 있는 큰 그림이 완성되려면 이번 글이 재미있어야 한다.

그래서 많이 팔려야 한다.

"한번 읽어보자."

김두찬은 초고를 빠르게 읽어나갔다.

그다음 파악과 재구성의 능력을 사용해 글이 더 풍성해지도록 수정했다.

그 작업을 다섯 번이나 반복한 뒤에야 겨우 완성된 원고가 탄생했다.

이제 이걸 아띠 출판사에 보낸 뒤, 최대한 빨리 출간해 달라 부탁하면 끝이다.

"아차차! 제목을 안 정했네. 음… 뭐가 좋을까."

잠시 고민하던 김두찬은 원고의 상단에 제목을 적어 넣었다.

'배우의 이름.'

제목까지 나왔으니 완벽했다.

김두찬은 원고를 아띠 출판사 측에 보낸 뒤 선우동에게 전화를 걸었다.

통화음이 몇 번 울리지 않아 활기찬 음성이 들려왔다.

―작가님! 주말 잘 보내고 계신가요?

"그럼요. 이사님은요?"

―집에 있었습니다! 하하, 어쩐 일이세요?

"일 때문에 전화했어요. 주말에 쉬시는데 연락드려서 죄송해요."

―작가님, 저 같은 노총각이 주말에 집에서 뭐 하고 있었겠습니까? 일하고 있었습니다. 미리 해놔야 평일이 조금 덜 버거워지거든요.

"고생 많으시네요."

―아닙니다. 한데 일 때문에 전화하셨다는 건… 설마 새로운 원고입니까!

선우동이 잔뜩 기대하는 음성으로 물었다.

김두찬은 그 기대에 부응해줬다.

"맞아요."

—오, 감사합니다, 작가님! 새 작품 집필하시는 것도 몰랐는데 먼저 이렇게 연락 주시고. 몸 둘 바를 모르겠습니다.

선우동의 음성에는 진심으로 고마워하는 마음이 담겨 있었다.

김두찬은 이제 아띠 출판사를 단순히 사업 파트너 이상으로 생각하고 있었다.

여러 글을 출간하는 동안 한 번도 김두찬을 실망시킨 적이 없었다. 오히려 그 반대였다.

김두찬이 제시하는 조건을 늘 받아들여 주었다. 그리고 작품의 홍보와 관리도 철저히 했다.

명절이나 가족들의 생일이 되면 선물도 잊지 않고 보내왔다.

서운한 것이 없으니 출판사를 갈아탈 이유가 없었다.

—이번에는 어떤 글입니까? 일반 문학? 동화인가요? 아! 정령신기 끝났으니까 새로운 판타지소설이겠군요!

"이번에는 필명으로 한 권 더 출간할 생각이에요."

—인기영 필명으로 말씀이십니까?

"네. 일반 소설이고, 영화배우에 관한 이야기입니다. 원고는 메일로 보냈어요."

—벌써요? 알겠습니다! 읽어보고 바로 계약서 들고서 찾아뵙겠습니다!

"그렇게 장담하셔도 괜찮으시겠어요? 읽어봤는데 계약할 수준이 아니라면 어쩌시려고요."

김두찬이 농을 던지자 선우동이 유쾌한 음성으로 대답했다.

—작가님 기본 필력이 있으신데 무슨 그런 걱정을 하십니까. 믿고 갑니다! 그럼 얼른 원고 확인하고 연락드리겠습니다, 작가님!

"알겠어요. 계약하게 되면 책은 되도록 빨리 출간하는 쪽으로 갔으면 해요."

—네! 그렇게 추진하겠습니다! 그럼 쉬십시오!

통화가 끝나고 김두찬은 가방에서 책자화된 몽중인의 시나리오를 꺼냈다.

그의 손이 분주히 내일 있을 촬영 컷을 찾아 움직였다.

그러면서 머릿속으로는 정태조에 대한 생각을 했다.

'나쁜 사람이라면 몰라도… 그게 아니라면 어떻게든 살려야지.'

＊　　　＊　　　＊

9월 11일.

드디어 몽중인의 크랭크인 날이다.

오늘은 오전부터 정태조와 서여름의 촬영이 있었다.

정태조가 맡은 역할은 현실 속 남주인공 석현, 서여름은 여주인공 지연이었다.

촬영 장소는 일산 호수 공원.

석현과 지연이 공원 데이트를 즐기며 이런저런 대화를 나누는 장면이었다.

촬영장에는 주조연 배우들과 스태프들, 멀리서 구경하는 사람들로 북적였다.

김두찬도 촬영장에 함께였다.

그는 호기심 가득한 눈으로 영화판이 돌아가는 모든 장면을 관찰했다.

조감독의 지시로 바쁘게 이루어지는 촬영 준비 과정과 배우들의 연기, 감독의 디렉션 등등 하나같이 신세계였다.

특히 주변에 스태프와 구경꾼들이 이렇게나 많은데 막상 카메라에 담기는 장면은 한산한 호수 변 길을 걷는 것처럼 나오는 것이 신기했다.

하지만 그보다 더 신기한 건, 이 많은 사람들 앞에서 자연스럽게 연기하는 배우들이었다.

게다가 그들은 대사를 틀리지 않아도 예몽진 감독의 눈에 차지 않으면 같은 장면을 재촬영해야 했다.

그때마다 대사의 톤이 달라지고 작은 제스처가 바뀌었다.

그렇게 몇 번씩 같은 장면을 여러 번 바꿔서 시도한 뒤에야 겨우 오케이 사인이 떨어졌다.

김두찬 본인이었으면 감독의 요구 사항을 듣는 순간 얼음처럼 굳어버릴지도 모를 일이었다.

하지만 배우들은 그런 게 없었다.

'이러니까 배우들이 돈을 많이 버는구나.'

연기라는 게 어지간한 멘탈로는 절대 할 수 없는 것임을 느꼈다.

그와 동시에 김두찬은 부담이 되기 시작했다.

오늘 밤, 김두찬 역시 한 컷을 촬영해야 했다.

그가 맡은 역할은 석현의 동네 동생이었다.

석현은 자신을 대하는 애인 지연의 마음이 뭔가 변한 것 같아 씁쓸함에 동네 동생과 술집에서 술 한잔을 나누게 된다.

바로 그 술 한잔 나누는 동생 역이 김두찬이었다.

석현의 푸념을 들어주면서 몇 마디 던져주면 되는데, 대사 자체는 길지 않았다.

하지만 연기 자체를 해본 적이 없으니 김두찬은 벌써부터 입술이 바짝바짝 말랐다.

'제발 영화에 폐 끼치지 않는 수준으로만 하자.'

김두찬은 정태조에게 상상 공유를 사용했었다. 그리고 드림 룰러의 능력을 사용해서 정태조가 되어보기도 했다.

그 덕분에 연기에 대해 약간은 감을 잡은 상태였다.

그럼에도 첫 경험에 대한 불안함은 떨치기가 힘들었다.

결국 김두찬은 한참 연기에 몰입한 정태조에게 다시 한번 상상 공유를 사용했다.

이번이 두 번째라 그런지 정태조의 내면에 더 깊이 접근할 수 있었다.

상상 공유를 끝낸 뒤 김두찬은 잠깐 눈 좀 붙이고 오겠다며 자신의 밴으로 향했다.

그리고 억지로 잠을 청했다.

꿈속에서 그는 다시 한번 정태조가 되었고 열흘이라는 시간을 보낼 수 있었다.

어젯밤 꿈에서 그가 정태조의 과거를 회상했다면, 이번에는 촬영장에서 열심히 연기하는 것을 경험했다.

한바탕 긴 꿈을 꾸고 난 다음 김두찬이 눈을 뜨니 어느새 사위에 어둠이 내려 있었다.

아울러 바깥 광경도 바뀌었다.

밴이 서 있는 곳은 호수 공원 주차장이 아니라 어느 술집 옆에 마련된 공용 주차장이었다.

"어? 매니저님, 여기가……?"

"아, 작가님. 일어나셨네요. 안 그래도 감독님한테 연락받고 깨우려던 참이었습니다. 하하하!"

"여기 어디예요?"

"작가님 촬영 들어갈 술집 주차장입니다!"

"네? 아……."

"근데 참 강심장이시네요. 저 같으면 긴장돼서 못 잘 것 같은데 진짜 잘 주무시는 모습에 그릇이 큰 사람은 다르다는 걸 새삼 느꼈습니다."

장대찬은 제멋대로 김두찬을 오해하고서 존경의 시선을 보냈다.

김두찬은 거기에 대해 딱히 변명하지 않고 밴에서 내렸다.

그러자 조감독이 다가와 김두찬을 술집 안으로 안내하며 급히 말했다.

"김 작가님, 부담 가지지 마시고요. 오디션 볼 때, 딱 그 정도 톤만 유지하면서 해주시면 돼요. 아셨죠?"

"네."

"대사 몇 마디 안 되니까 자연스러운 표정, 이것만 주의해주세요. 카메라 컷도 되도록 정 배우님 위주로 갈 테니까 부담 크게 가지지 마시고요."

"그럴게요."

대답을 하며 김두찬이 술집 안으로 들어섰다.

정태조는 이미 세팅된 테이블에 앉아 김두찬을 반겼다.

"여~ 김 작가님."

김두찬이 맞은편 자리에 앉아 눈인사를 건넸다.

"늦어서 죄송합니다."

"늦기는. 슛 들어가려면 한참 더 기다려야 돼요."

"하하, 네."

"긴장돼요?"

"조금요."

"그냥 편하게 생각해요. 저도 처음에는 그랬어요."

김두찬의 긴장을 풀어주면서 정태조는 주변의 시선을 살폈다.

사실 한참 전부터 김두찬에 대한 배우들 사이의 여론이 그다지 좋지는 않았다.

그가 이 영화의 원작자인 데다가 마스크가 좋은 건 알지만, 아무리 그렇다고 해도 영화에 직접 등장해야겠냐는 말들이 조연 배우와 단역배우들 사이에서 오간 것이다.

김두찬과 함께 술을 마신 이들 중에서는 그렇게까지 불만을 갖는 이들은 없었다.

다만, 조금 비관적인 입장을 고수하기는 했다.

그 누구도 김두찬의 연기에 대해 긍정적인 생각을 갖고 있지는 않았다.

심지어 김두찬이 영화에 얼굴 한번 비치고 싶어서 예몽진 감독을 조른 게 아니냐는 추측까지 나돌았다.

당연히 숏에 들어가기 위해 준비 중인 김두찬에게 쏟아지는 시선은 곱지 않았다.

어디 어떤 식으로 망가지는지 보자.

한껏 비웃어주겠다는 마음으로 지켜보는 이들이 많았다.

그때 드디어 감독의 사인이 떨어졌다.

막내 스태프가 슬레이트를 들고 와 소리쳤다.

"슬레이트 치겠습니다! 16에 1."

탁!

막내 스태프가 슬레이트를 치고서 빠르게 빠졌다.

컷은 석현이 동네 동생과 술 한잔하자고 불러낸 뒤, 적당히 술이 들어간 상황.

카메라가 돌아가고 사위가 조용해진 와중 정태조의 목소리만 공간을 채웠다.

"정호야."

정호는 김두찬의 극중 이름이었다.

"네가 보기에 내가 지연이한테 좀 신경 못 쓰는 것 같냐?"

정태조의 대사가 끝나고 김두찬이 입을 열어야 하는 상황이었다.

모든 사람들의 시선이 김두찬에게 집중되었다.

예몽진 감독도 김두찬이 어떤 연기를 보여줄지 잔뜩 기대했다.

사실 그는 숏에 들어가기 전까지도 김두찬에게 아무런 기대를 하지 않았다.

그런데 카메라가 돌아감과 동시에 김두찬의 표정이 확 변했다.

어색함과 부자연스러움은 사라지고 그냥 친한 형을 눈앞에 둔 듯한 자연스러운 정호의 모습이 흘러나왔다.

이를 보는 순간 예몽진은 이채를 띤 눈으로 김두찬에게 집중했다.

반면 다른 배우들은 여전히 김두찬을 믿지 못하고 있었다.

어디 어떻게 망신을 당하는지 보자고 그의 입이 열리기만을 기다리는 이들이 수두룩했다.

이윽고 김두찬이 첫 대사를 흘리기 위해 입을 열었다.

*　　　*　　　*

"형만 한 사람이 어디 있어? 거기서 더 바라면 그게 양심 없는 거지."

아무것도 아닌 대사가 아무것도 아닌 느낌으로 흘러나왔다.

말 그대로 자연스러웠다는 얘기다.

너무 감흥이 없어서 지금 저게 연기를 하는 건가 싶었다.

대사 톤이 필요 이상으로 튀지 않고 평이했다.

그 덕분에 김두찬의 캐릭터가 평범한 캐릭터로 비추어지기까지 했다.

말인즉, 입에서 나온 대사 한마디가 그의 외모까지도 평범해 보이도록 만들었다는 것이다.

순간 예몽진 감독은 물론이고 충무로 골목 좀 전전했다는 배우들도 하나같이 등줄기가 짜르르해졌다.

특히 김두찬을 벼르고 있던 배우들은 말문이 턱 하고 막혔다.

'어떻게… 대사 한마디로 캐릭터를 잡아?'

'대사가 문제가 아니야. 대사를 치기 전부터 완전히 자기 배역에 몰입하고 있었어.'

놀라운 일이었다.

김두찬이 맡은 역은 별다른 특징이 없는, 등장도 짧아서 큰 개성을 부여받지 못한 캐릭터였다.

차라리 개성 있는 캐릭터가 낫지 이런 캐릭터는 연기를 하는 맛이 없어서 영 표현하기가 힘들었다.

그래서 단역이다.

밋밋하게 넘어가도 관객들이 딴죽을 걸지 않는다.

그런데 김두찬은 그 밋밋함 자체를 개성으로 잡았다.

개성이라는 게 무엇인가?

강렬하고 센 인상을 가지고 있어야만 개성이 아니다.

그런 사람이 있는 반면 어딜 가도 존재감 없는 사람이 있다.

김두찬은 그런 사람으로 변신했다.

아울러 자신의 캐릭터를 그렇게 잡은 덕에 정태조가 맡은 석현 역이 더욱 살았다.

만약 김두찬이 조금이라도 욕심을 내서 튀려고 했다면, 그의 미모 때문에 정태조가 죽었을 것이다.

하지만 김두찬은 캐릭터도 잡고, 주연 배우도 살려주었다.

그것은 매우 영리한 행동이었다.

정태조도 내심으로 이를 느끼고서 더욱 연기에 몰입했다.

김두찬은 정태조의 연기를 전력으로 받아주며 완벽히 정호로 빙의했다.

김두찬이 하는 행동 하나, 대사 하나가 너무나 편안했다.

정태조는 이게 연기가 아니라 정말 동네 친한 동생을 대하는 것 같은 착각마저 들 정도였다.

혼연일체!

연기를 하면서 그 배역과 하나가 되어버리는 것!

김두찬은 지금 그걸 하고 있었다.

두 사람은 어느 순간부터 연기라는 걸 잊었다.

그들이 주고받는 대사는 머리가 아닌 가슴에서 나오고 있었다.

정태조가 소주 한 잔을 입안에 탁 털어 넣고서 마무리 대사를 쳤다.

"크으… 쓰다."

푸념과 함께 정태조가 잔을 테이블에 내려놓고서 수 초가 지난 뒤.

"컷!"

두 사람의 연기에 빠져 넋을 놓고 있던 예몽진 감독이 뒤늦게 컷을 외쳤다.

그러자 서로를 바라보고 있던 정태조와 김두찬이 동시에 희미한 미소를 지었다.

정태조는 지금 자신에게 완벽한 몰입감과 호흡을 선사해 준 김두찬 덕분에 기분이 좋았다.

이렇게 합이 딱 들어맞을 때는 가슴속 깊은 곳에서부터 무언가 간질간질한 느낌이 든다.

김두찬도 정태조와 비슷한 감정을 느끼고 있었다.

한편, 두 사람의 연기를 지켜보던 배우들은 놀란 표정들을 가지각색으로 지어 보였다.

찰칵! 찰칵!

어디선가 셔터를 누르는 소리가 들렸다.

정적을 깨는 요란함에 모두의 시선이 한곳으로 몰렸다.

거기엔 기자 한 명이 열심히 김두찬의 모습을 렌즈에 담는 중이었다.

기자는 플레이 인 측에서 보낸 사람으로 예몽진 감독과는 사전에 얘기가 되어 있었다.

영화 현장에서 김두찬을 찍되 스포일러가 될 만한 장면이나 내용은 일절 함구하기로 약속했다.

'이걸 영상으로 담아서 틀어야 하는데.'

사진을 찍는 기자는 속으로 내심 아쉬워했다.

만약 김두찬이 연기하는 모습을 영상으로 올릴 수 있었다면 기사가 대박이 났을 터였다.

영화부 기자 7년 차인 그가 보기에도 김두찬의 연기는 여느 베테랑 배우 못지않았기 때문이다.

기자는 최대한 자신이 본 김두찬의 연기를 생생하게 살려 기사에 담아보리라 마음먹었다.

한편, 다른 배우들은 여전히 충격에 빠져 있었다.

"초짜… 아닌 것 같은데."

40대 남자 배우 한 명이 나직이 중얼댔다.

그러자 주변에 있던 다른 배우들은 저도 모르게 고개를 주억거렸다.

김두찬의 연기는 도저히 경험 없는 사람의 것이라고 보기 힘들었다.

심지어 촬영장에 있는 과반수의 배우들보다 훨씬 편안하고 자연스러운 연기를 선보였다.

흔히들 말하는 생활 연기를 해낸 것이다.

딱 한 컷으로 김두찬을 바라보는 배우들의 시선이 확 바뀌었다.

어느덧 그들의 눈동자엔 고정관념이 사라졌다.

특히 여배우들의 얼굴에는 당장 호감이 어렸다.

잘생긴 데다가 스마트하고 돈도 있는데 연기까지 잘한다.

그들이 유일하게 깔 수 있는 구석이 연기였는데 그것까지 능숙하니 차라리 경외감이 들었다.

그것은 곧 호감으로 바뀌었고, 김두찬을 남자로 받아들이게 했다.

"역시 싹수가 달라."

"나 적극적으로 대시해 볼까 싶네."

그제 술자리를 함께했던 여배우 김란화와 조설희가 한마디씩 했다.

그녀들의 눈에는 김두찬을 향한 야릇한 욕망이 가득 차 있었다.

'천재라는 게… 진짜 있는 건가 봐.'

주연 여배우 서여름 역시 김두찬에게 설레는 중이었다.

단 한 번의 연기로 김두찬은 모든 배우들의 마음을 사로잡았다.

"김 작가님, 정말 연기 해본 적 없어요?"

정태조가 도저히 믿을 수 없어서 넌지시 물었다.

"네. 이번이 처음이에요."

"학교 다닐 때 연극부 같은 거 했다던지?"

"전혀요."

"와… 근데 어떻게 그런 연기가 나오지? 진짜……."

정태조가 감탄을 하다 말고 주변 눈치를 살폈다.

그러고서는 김두찬에게 입 모양으로 말을 전했다.

'비밀, 알죠?'

김두찬은 그것을 알아듣고 미소 지으며 고개를 끄덕였다.

그때였다.

"오케이!"

방금 찍은 장면을 모니터링한 예몽진 감독의 입에서 오케이 사인이 떨어졌다.

그에 깜짝 놀란 정태조가 물었다.

"오케이? 한 방에요?"

"거기서 더 좋은 그림 나올 수가 없소! 정 배우님, 타이트로 한 컷 더 따고 넘어가겠습니다!"

"헐."

정태조가 혀를 내눌렀다.

영화 촬영장에서 한 번에 오케이가 나는 경우는 상당히 드물다.

그것도 상대 배역이 초짜인 경우는 더더욱 그렇다.

한데 김두찬은 정태조와 환상의 호흡을 자랑하며 한 번에 오케이 사인을 받아냈다.

그로 인해 배우들이 바라보는 김두찬의 가치가 더욱 높아졌다.

정태조가 타이트 컷을 촬영하는 동안 김두찬은 가만히 앉아 할 게 없었다.

이번에는 철저히 정태조의 표정 위주로 촬영을 하는 것이기에 김두찬은 어깨만 걸리게 해주면 되는 일이었다.

타이트 컷까지 촬영이 끝나고 난 뒤에야 김두찬은 카메라 밖으로 벗어날 수 있었다.

"후우."

긴장이 풀리자 온몸에 힘이 쭉 빠졌다.

단 한 컷 촬영에도 상당한 심력이 소모됐다.

한데 주연 배우들은 하루 종일 스탠바이 상태다.

김두찬은 그들이 전보다 더욱 대단해 보였다.

"작가님! 고생하셨습니다!"

장대찬이 김두찬에게 다가와 얼른 그를 부축해 주려 했다.

그런 그를 김두찬이 만류했다.

"매니저님, 괜찮아요. 제 발로 갈 수 있어요."

"힘드셨죠?"

"어렵네요, 연기라는 거. 하하."

김두찬은 얼른 밴으로 돌아가 쉬고 싶었다.

그런데 김두찬의 곁으로 여배우들이 우르르 몰려들었다.

"작가님, 첫 경험 아니죠?"

"카메라 앞에서 너무 능숙하던데. 신인들은 그렇게 못 해
요. 바로 얼어버리거든요."

"혹시 집에서 혼자 연습하는 거 아니에요? 카메라 앞에 서
서?"

"작가님, 진짜 멋졌어요. 슛 들어가자마자 김두찬 사라지고
정호 나타나던데요?"

"일상 연기 소름이었어요."

여배우들은 정신없이 말을 쏟아냈다.

김두찬은 피로한 와중에도 그들 한 명 한 명에게 친절히 대
꾸해 줬다.

쉬고 싶은 마음은 간절한데 워낙 많은 사람들이 따라붙으
니 걸음이 절로 늦어졌다.

여배우들은 김두찬이 밴에 올라타고 나서야 그를 놓아주

었다.

"후아."

김두찬은 식은땀을 닦으며 좌석에 쓰러지듯 몸을 맡겼다.

그러자 장대찬이 박수를 치며 김두찬을 독려했다.

"진짜 멋지셨습니다, 작가님. 어떻게 처음 하는 연기에서 그런 페이소스가 나올 수 있는지… 작가님은 알아가면 알아갈수록 존경하게 됩니다!"

장대찬이 진심을 담아 말하며 고개를 숙였다.

"장 매니저님, 부담스러워요."

"그랬습니까? 부담드려 죄송합니다!"

"…그게 더 부담스럽습니다만."

"거듭 죄송합니다!"

"…아니, 이제 부담스럽지 않은 것 같아요."

장대찬은 참 좋은 사람이지만 가끔씩 김두찬은 그의 말과 행동이 부담스러웠다.

지금처럼.

김두찬이 비로소 좀 쉬어볼까 하고 눈을 감았을 때였다.

똑똑.

누군가 밴의 창문을 두들겼다.

정태조였다.

김두찬이 문을 열어 그를 안으로 들였다.

"정 배우님. 어쩐 일이세요?"

"그게… 둘이서만 얘기를 좀 하고 싶은데."

그 말에 장대찬이 눈치 있게 차에서 내렸다.

"두 분 편안하게 대화 나누십시오!"

탁!

운전석 문이 닫힌 뒤, 정태조는 김두찬의 눈치를 살피며 조심스레 입을 열었다.

"저기… 작가님. 제가 술 먹고 했던 얘기 말이에요."

"네. 알아요. 비밀로 할게요."

"감사합니다."

"그런데 언제까지 숨길 수 있을 거라고 생각하시는 건 아니죠?"

"……"

"아내분께서 스트레스가 극에 달하셨다고 하셨죠. 오늘이고 내일이고 모든 사실을 얘기해 버리겠다며 히스테리를 부릴 정도라면서요."

"하아."

정태조는 한숨으로 대답을 대신했다.

5년 전 끊었던 담배 한 개비가 간절해졌다.

수심에 가득 찬 정태조의 얼굴을 보며 김두찬은 내심 만족하고 있었다.

사실 오늘 그가 김두찬을 찾아온 건 그의 의지가 아니었다.

최면의 영향이었다.

김두찬은 그에게 최면을 걸 당시, 촬영장에서 기회를 봐 따로 자신을 찾아오라 명했다.

정태조는 그 명령을 충실히 수행한 것이다.

물론 그는 그것이 스스로의 의지라고 믿었다.

"정 배우님, 아내분께서 밝히기 전에 스스로 고백해야 돼요."

김두찬의 조언에 정태조가 고개를 내저었다.

"그건 작가님께서 이 바닥을 잘 모르니까 하시는 말입니다. 이 바닥에서 가장 중요한 게 이미지예요. 그거 말아먹으면 끝나는 거고요. 작가님께서도 제 이미지가 어떤지 잘 아시잖습니까. 그런데 몇 년 동안 대중을 상대로 거짓말해 왔다는 게 알려지면… 제 배우 인생은 끝납니다."

"아니요. 정 배우님은 고백하게 될 겁니다."

"대체 그게 무슨……!"

도통 말이 통하지 않아 욱하는 마음에 화를 내려던 정태조가 입을 꾹 다물었다.

김두찬은 미소 짓고 있었다.

그것은 결코 자신에 대한 조롱이나 허세 같은 것이 아니었다.

그 미소를 접하는 순간 정태조는 감이 왔다.

이 사람에게는 이 지옥을 탈출할 수 있는 해답이 이미 준비되어 있다!

그런 느낌이 강렬히 꽂혔다.

"무언가… 있는 건가요?"

정태조가 지푸라기라도 잡는 심정으로 물었다.

김두찬은 미소를 지우지 않은 채 고개를 끄덕였다.

"네."

"그, 그게 뭡니까!"

"음… 그전에 우선 정 배우님께서도 제 비밀 하나를 지켜주셨으면 해요."

"어떤……?"

"인기영이라는 작가를 아시나요?"

"인기영……?"

이름을 속으로 몇 번 곱씹던 정태조가 손가락을 딱 튕겼다.

"아! 그 오트 퀴진이라는 소설 집필한 분이죠? 얼마 전에 패가망신한 이항두 교수가 극찬했었던… 맞죠?"

"네, 알고 계시네요."

"알 수밖에 없죠. 그 책 일반인들보다 배우들 사이에서 더 화제인데요. 그래서 저도 한번 읽어봤어요."

"네?"

김두찬은 금시초문인 얘기였다.

그가 고개를 갸웃거리자 정태조가 사족을 붙였다.

"거기 나오는 남주와 여주, 그리고 조연과 심지어 단역들까지 하나같이 개성이 강렬하고 멋있어서 배우들이 많이 읽어요. 캐릭터 공부가 된다고. 물론 그런 것보다는 오트 퀴진에 나오는 그 멋진 캐릭터들을 연기해 보고 싶은 욕망이 더 커서 손이 가는 거겠지만. 거기 등장하는 캐릭터들 독보적이잖아요. 지금껏 한국 영화나 드라마에서 한 번도 보지 못했던 개성과 매력을 겸비하고 있어요. 그래서 더 강렬하게 다가오더라고요."

정태조의 말에 김두찬의 전신으로 기분 좋은 전율이 퍼져나갔다.

오트 퀴진은 기본적으로 요리 소설이지만 개성 강한 캐릭터들을 배치해서 극의 재미와 긴장감을 높였다.

한데 그게 이토록 극찬을 받을 줄은 몰랐었다.

게다가 배우들 사이에서 인기가 높다니.

김두찬의 미소가 더욱 짙어졌다.

"작가 양반이 누군지 몰라도 기회가 된다면 얼굴이나 보고 싶네요. 어떻게 이런 글을 썼냐고 묻고 싶어요."

"읽어주셔서 감사해요."

"네? 왜 작가님께서 감사를 하… 설마."

순간 강렬한 스파크가 정태조의 머릿속에서 '팍!' 하고 터졌다.

김두찬은 손을 자기 가슴에 대고 말했다.

"인기영이라는 필명을 쓰는 사람이 바로 접니다."

"…어."

정태조는 너무 놀란 나머지 아무 말도 할 수 없었다.

"비밀 지켜주셔야 합니다. 약속해 주시면 정 배우님께 도움 드릴게요."

정태조의 고개가 무언가에 홀리기라도 한 듯 저절로 끄덕여졌다.

Liking 71

배우의 이름

김두찬의 이야기를 듣고 난 정태조의 눈빛이 마구 흔들렸다.

　　"제 이야기를… 소설로 쓰셨다고요?"

　　"네. 그날, 저한테 들려준 얘기들을 전부 글로 담았어요. 그소설을 제 필명으로 출간할 겁니다."

　　"작가님, 저한테 먼저 고백하라고 하시더니… 어떤 생각인지 짐작도 못 하겠네요."

　　정태조는 김두찬의 이야기가 영 떨떠름했다.

　　자신의 사정은 싸매고 숨겨야지, 밖으로 터뜨릴 게 아니었다.

한데 그걸 책으로 출간하겠다니?

정태조의 불안을 읽은 김두찬이 그를 안심시켰다.

"말했듯이 저는 정 배우님을 도우려는 거예요."

"그게 어떻게 도움이 된다는 건지 도무지 이해가 잘 안 되네요."

정태조는 눈을 지그시 감았다.

시야가 가려지자 머릿속으로 온갖 번뇌, 망상들이 마구잡이로 떠올랐다 사라지기를 반복했다.

"정 배우님, 오늘 촬영 끝나셨죠?"

"네."

정태조는 여전히 눈을 감은 채로 한숨 쉬는 듯이 대답했다.

"글은 좀 빨리 읽으시는 편인가요?"

"네?"

갑자기 대화의 맥락을 벗어나는 질문이었다.

정태조의 감겼던 눈이 다시 떠졌다.

그러자 노트북 화면을 정태조 쪽으로 돌려놓는 김두찬의 모습이 보였다.

"뭐예요?"

"제가 집필한 소설 '배우의 이름'이예요."

"아, 이게……."

"읽어보시겠어요? 오래 걸릴 것 같으면 메일로 보내 드릴까요?"

"아니요. 여기서 읽을게요. 나름 독서를 많이 해서 어느 정도 속독이 됩니다."

정태조는 김두찬의 글을 당장 읽고 싶었다.

집에 가서 읽기에는 그의 초조함이 발목을 잡았다.

김두찬이 정태조 쪽으로 노트북을 쭉 밀었다.

정태조의 눈이 빠르게 글을 읽어 내려갔다.

*　　　*　　　*

"아……."

정태조는 불과 한 시간여 만에 글을 다 읽었다.

마지막 문장에 고정된 그의 두 눈에서 눈물이 주륵 흘러내렸다.

다른 사람이 글로 풀어낸 자신의 이야기를 읽는다는 건 신선한 경험이었다.

분명 내가 겪은 일이긴 한데, 홀로 지나간 일을 회상하는 것과는 또 다른 맛이 있었다.

글을 읽는 내내 그의 가슴 속에서는 만감이 교차했다.

그 안에서도 가장 일관되게 그를 흔들었던 감정은 슬픔이었다.

사실 그건 정태조의 과거사를 그저 풀어놓기만 하는 것으로는 건드리기 힘든 부분이었다.

사람의 감정이라는 건 어설픈 잔재주로 어찌할 수 있는 게 아니다.

하지만 김두찬의 필력은 그걸 가능하게 만들었다.

그는 타인의 힘들었던 지난날을 어느 누가 읽어도 자기 일처럼 공감하고 아파할 수 있도록 글을 풀어놓았다.

정태조 역시 배우의 이름을 읽는 내내 그러한 것을 느꼈다.

이것은 자신의 훌륭한 자서전이자 재미있고 위대한 소설이었다.

재미만으로만 따진다면 오트 퀴진보다 한 수 위였다.

한데 그 안에 한 사람의 인생이 절절히 묻어나니 깊이는 더해졌다.

당연한 일이었다.

오트 퀴진은 요리 레시피에 관한 재료만 가지고 모든 상황을 만들어낸 허구였다.

하지만 배우의 이름은 실화다.

실화에서 오는 진중한 무게감은 극의 내용을 더욱 진정성 있게 전달해 줬다.

"어떠셨어요?"

김두찬은 정태조가 충분히 감정을 추스를 만한 시간을 준 뒤 물었다.

자신이 울고 있는 줄도 몰랐던 정태조는 그제야 눈물을 닦았다.

"아… 죄송해요."

"죄송하다뇨. 제 글을 읽고 눈물 흘리셨는데, 제가 감사드려야죠. 저작자 입장에서 그것보다 가슴 벅찬 일이 있겠어요?"

"하하, 그런가요. 음… 이 소설 끝까지 제 이야기라는 말은 나오지 않네요."

"네. 배우 A. 그게 다죠."

"한데 글의 도입부엔 실제 연예인의 이야기를 차용한 소설이라고 밝히셨어요."

"그랬죠."

정태조는 비로소 김두찬의 생각을 읽을 수 있었다.

그의 예상에 아마도 이 글은 빠른 시일 내에 책으로 나올 것 같았다.

정태조의 아내, 이수인이 모든 사실을 폭로하기 전에 책이 출간되어 많은 사람들에게 읽혀야 하니까.

"이 책을 읽은 독자들은 배우 A의 성공에 같이 기뻐할 수밖에 없겠네요."

배우의 이름은 정태조의 힘들었던 시절 이야기가 9할을 차지한다. 그의 성공 가도를 보여주는 건 마지막 한 챕터밖에 없었다.

위에도 언급했듯이 김두찬은 사람들이 정태조의 고난과 고통을 따라가며 자기 일처럼 아파하고 안타까워할 수 있도록 글을 썼다.

게다가 이 글이 실화임을 강조했다.

하지만 작중에 등장하는 배우가 정태조라는 사실은 언급하지 않았다.

때문에 이 글을 읽는 이들은 배우 A의 성공이 계속되기를 바랄 것이다.

그러는 한편 대체 배우 A가 누구인지에 대해서도 궁금해할 게 분명했다.

바로 그때, 정태조가 모든 진실을 고백해야 한다.

그래야 대중들의 마음이 그를 포용할 수 있을 테니 말이다.

"이제 제 의중이 짐작되시나요?"

김두찬의 물음에 정태조는 너털웃음을 흘렸다.

"정말 못 당하겠습니다. 작가님 스무 살 맞아요?"

"민증 보여 드릴까요?"

김두찬이 지갑을 꺼내려는 제스처를 취했다.

그의 장난에 정태조가 손사래 쳤다.

"됐어요. 제가 지금까지 만나왔던 약관의 청춘들하고 너무 느낌이 달라요, 작가님. 그러니까… 나이를 떠나서 사람 자체의 그릇이 큰 것 같다고 할까요."

대체 이렇게 큰 그림을 어떻게 그려낸 것인지 놀라울 따름이었다.

불과 조금 전까지만 해도 정태조는 김두찬에게 비밀을 얘기한 걸 후회했다.

그런데 지금은 그게 신의 한 수가 되었다.

김두찬은 정태조가 몇 년 동안 짊어지고 있던 무거운 짐을 한 번에 해결할 수 있는 묘책을 만들었다.

그것도 단 이틀 만에.

'어… 이틀?'

미처 생각지 못했던 부분을 짚어낸 순간 정태조는 크나큰 충격을 받았다.

머릿속에 벼락이라도 친 것 같았다.

정태조의 입에서 살짝 격양된 음성이 흘러나왔다.

"김 작가님… 이 글… 이틀 만에 집필하신 겁니까?"

"아니요."

"아니라고요? 아니… 제 얘기를 들었던 게 이틀 전이잖아요. 그럼 그 전에는 이 글을 집필할 수가 없었을 텐데 이틀이 아니라고 하시는 건……?"

"하루 걸렸어요."

"……!"

정태조의 눈이 튀어나올 듯 커졌다.

'이걸… 하루 만에 썼다고?'

그의 시선이 다시 노트북 액정으로 향했다.

화면을 가득 채운 워드 프로그램의 왼쪽 밑에는 120이라는 숫자가 보였다.

A4용지로 120장이나 되는 분량이다.

충분히 책 한 권을 만들 수 있는 장수였다.

그런데 이 많은 양을 하루 만에 집필했다니?

게다가 날림으로 집필한 것도 아니었다.

정태조가 읽은 배우의 이름은 오트 퀴진을 여러 면에서 뛰어넘는 훌륭한 수작이었다.

아무리 정태조의 과거사를 가지고 써 내려간 것이라지만 이건… 실로 놀라운, 정태조의 입장에선 기적 같은 일이었다.

'말도 안 돼.'

김두찬을 바라보는 정태조의 시선엔 놀라움을 넘어서 경악이 담겼다.

정태조는 예몽진 감독과 영화 건으로 사전 미팅을 몇 번이나 했었다.

그때마다 예몽진 감독은 김두찬 작가를 천재라고 칭찬했다.

좋은 얘기도 한두 번이지 만날 때마다 그런 얘기를 하니 정태조는 은연중 김두찬이 껄끄러웠던 것도 사실이다.

하지만 김두찬을 실제로 보고 나서 그런 마음은 싹 사라졌다.

하나, 천재의 기질까지 엿볼 수는 없었다.

그런데 지금은 예몽진 감독의 말이 전부 이해가 됐다.

천재?

아니, 천재라는 단어로는 김두찬의 능력을 표현하기에 부족함이 있다고 느껴질 정도였다.

"정 배우님."

"…네?"

김두찬에 대한 감탄으로 얼빠져 있던 정태조가 한 박자 늦게 대답했다.

"적어도 일주일 안에 제 글은 전국 배포될 거예요. 그리고 베스트셀러 반열에 들어 화제가 되기까지는……."

김두찬이 잠시 생각에 잠겼다가 다시 말을 이었다.

"길면 한 달. 짧으면 보름밖에 걸리지 않을 겁니다. 그러니까 그 기간 동안 아내분께서 폭로하지 않도록 잘 다독여 주세요."

"그럼요! 그래야죠. 저한테 살아나라고 동아줄을 던져 주셨는데, 그걸 가위로 끊어버리는 멍청한 짓은 하지 않을 겁니다."

"네. 부탁드릴게요."

"아, 그런데 작가님. 왜 작가님 본명을 사용하지 않고 가명으로 책을 내려 하시는 건지……?"

정태조는 혹, 이런 질문이 실례가 되는 건 아닌가 싶어서 상당히 조심했다.

김두찬의 진가를 보고 나서는 자신의 사소한 말과 행동 하나까지 전부 신경이 쓰였다.

그가 김두찬이란 사람을 자신보다 우위에 놓게 되었다는 반증이었다.

김두찬은 차분하게 정태조의 질문에 답해주었다.

"제가 본명을 사용하면, 배우 A가 정 배우님이라는 것이 밝혀졌을 때, 대중들이 과연 고운 시선으로 봐줄까요?"

"네? …아!"

김두찬의 반문에 정태조는 아주 기본적인 부분을 놓치고 있었다는 걸 깨달았다.

몽중인은 김두찬의 소설을 원작으로 만든 영화다.

정태조는 몽중인의 주연 배우다.

그런데 김두찬이 본명으로 배우의 이름을 집필해서 출간하고, 그 사연의 주인공이 정태조라는 게 밝혀지면 대중들은 두 사람을 싸잡아 욕할 게 분명했다.

김두찬은 결국 자기 영화 망치지 않으려고 정태조를 옹호

한 것밖에 되지 않기 때문이다.

"제가 생각이 짧았습니다."

정태조의 뺨이 붉어지며 그의 부끄러운 마음을 대변했다.

"괜찮아요. 혹시 더 궁금하신 것 있나요?"

정태조가 고개를 저었다.

"아니요. 없습니다."

"그럼 이대로 진행할게요. 정 배우님께서는 아내분만 잘 막아주세요."

"명심할게요, 작가님. 그리고……."

정태조가 허리를 구십 도로 숙였다.

그에 깜짝 놀라 김두찬이 덩달아 허리를 숙였다.

"저, 정 배우님. 이러지 마세요."

"제 배우 인생 살려주실 은인이신데 이렇게 인사라도 드려야지, 안 그러면 제가 면목이 없어집니다. 그냥 받아주세요."

"충분히 받았어요. 이제 고개 드세요."

"감사합니다."

다시 허리를 편 정태조의 두 눈이 붉게 충혈됐다.

다시금 터져 나오려는 눈물을 필사적으로 참고 있는 것이다.

"그럼 조만간 연락드리겠습니다."

정태조가 마지막 인사를 건네고서 밴을 떠났다.

그가 내리자 밖에서 기다리고 있던 장대찬이 운전석에 올랐다.

"얘기 잘 나누셨습니까, 작가님!"

"네. 오래 기다리셨죠? 죄송해요. 이럴 줄 알았으면 어디 카페라도 들어가 계시라고 할걸."

"괜찮습니다! 스마트폰으로 작가님 소설 읽느라 시간 가는 줄 몰랐습니다! 하하!"

"제 소설… 뭐요?"

"어제 영웅의 노래 다 읽었고, 오늘부터 정령신기 정주행 시작했습니다!"

"정말요?"

김두찬은 설마 장대찬이 자기 글을 읽고 있으리라고는 상상도 하지 못했었다.

그런데 영웅의 노래를 완독하고서 정령신기까지 정주행 중이라니.

장대찬에게 고마움과 미안함이 동시에 일었다.

생각해보니 장대찬에게는 책을 주지 않았던 것이다.

글 자체에 관심이 없는 것 같아 괜히 짐만 되면 어쩌나 하는 걱정에서였다.

"장 매니저님, 앞으로 제 이름으로 출간되는 책은 전부 선물해 드릴게요. 결제해서 읽지 마세요."

"정말입니까? 사인 꼭 해주셔야 합니다! 그리고 결제는 계속할 겁니다. 책은 책이고, 또 이렇게 스마트폰으로 읽는 맛이 있거든요."

말을 하며 안전벨트를 맨 장대찬이 차에 시동을 걸었다.

"그럼 집으로 모시겠습니다."

"네."

김두찬을 태운 밴은 주차장을 빠져나와 빠르게 장소를 벗어났다.

그런 밴의 모습을 정태조가 멀리서 하염없이 바라봤다.

*   *   *

김두찬이 영화판 첫 경험을 끝낸 다음 날부터 채소다는 그의 작업실로 출근했다.

두 작가가 공저를 하기 위해서는 같은 공간에서 작업을 하는 게 효율적이기 때문이다.

사실 채소다는 이를 탐탁지 않아 했다.

작업실이란 곧 여러 사람이 같이 있는 공간이다. 거기서 김두찬과 공저를 하면 그녀의 정체가 다른 작가들에게 들통나고 만다.

채소다는 그게 싫다고 김두찬에게 말했다.

그래서 김두찬은 채소다를 설득했는데, 당시 오고간 대화 내용이 이러했다.

"어차피 작가는 저 말고 한 명밖에 없어요. 그리고 믿을 만해요."

"응? 그럼 작업실에 작가가 둘뿐이라고?"

"네. 그리고 주화란 작가님은 믿을 만하지 않겠어요?"

"주화란 작가님? 아! 그 로맨스 소설 작가님? 설마 그분이랑 작업실 같이 사용하고 있는 거야?"

"…저기 소다 누나. 얼마 전에 화란 작가님이랑 같이 고기 먹었잖아요. 기억 안 나요?"

"나니?! 그 화란 언니가 그 화란 작가님이었어?"

"…두 사람 대체 그날 무슨 대화를 나눈 거예요?"

"고기 얘기만 했다는."

"어떤 의미로 정말 대단한 것 같아요. 화란 작가님 다큐멘터리에도 나왔었는데 못 봤나 봐요."

"그랬어? 아아, 나 정말 몰랐어. 그분 글 진짜 재미있게 잘 쓰시잖아. 이번에 리메이크작 보고 깜짝 놀랐지 뭐야. 완전히 재기 불능일거라고 생각했었는데, 망했던 작품 심폐 소생 완벽하게 해버린 걸 보고 카타르시스랄까? 그런 게 쫘르르르르!"

"네. 주 작가님이 고생 정말 많이 했어요."

"아무튼 그 화란 언니가 그 화란 작가님이라면 음… 좋아! 콜!"

"정말 괜찮겠어요?"

"응. 고기 좋아하는 사람은 다 착한 사람이거든. 헤헷."

"…되게 근거 없는 얘기지만 누나 입에서 나오니 신빙성이 생기네요."

이렇게 채소다도 김두찬의 작업실에 나오게 되었다.

작업실 첫 출근 날, 채소다는 주화란과 얼싸안고 재회의 기쁨을 나눴다.

"언니가 주화란 작가라는 거 몰랐어!"

"나도 네가 서태휘 작가라는 거 몰랐어, 소다야~"

"이렇게 좋은 날 저녁에 고기 어때?"

"어쩜 그렇게 배운 말만 골라서 하니?"

"언니~ 우리 평생 헤어지지 마! 이런 고기 메이트 구하기 힘들단 말이야."

"그럼, 그럼~"

채소다는 주화란에게 찰싹 붙어 떨어질 줄을 몰랐다.

그 모양새가 꼭 오래간만에 주인을 만난 강아지 같았다.

김두찬이 그런 채소다를 질질 끌고 주인이 없는 컴퓨터 자리 하나를 내주었다.

그러자 본체의 부팅 버튼을 누른 채소다의 눈이 반짝반짝 빛났다.

"3초 만에 부팅됐어!"

그녀의 손이 마우스를 바쁘게 움직였다.

"어머나, 사양 좀 봐. 우와… 한 4백은 족히 들었겠는걸? 두 찬아, 여기 작업실 말고 그냥 게임방으로 사용하는 게 훨씬 유용할 것 같……"

"저녁에 고기 먹기 싫어요, 누나?"

"열심히 작업에 임하겠습니다! 무엇부터 할까요?"

너무나 즉흥적인 데다가 본능적인 채소다의 모습이 주화란 은 재미있었다.

그녀가 키득거리며 김두찬에게 말했다.

"소다는 정말 특이한 것 같아. 그쵸?"

"……"

김두찬은 그게 화란 작가님의 입에서 나올 말은 아닌 것 같 다는 얘기가 목구멍까지 튀어나오려는 걸 꾹 눌러 참았다.

아무튼 그렇게 채소다는 무사히 김두찬의 작업실에 새 멤 버로 들어오게 됐다.

물론 아직 김두찬과 제대로 합작을 시작한 게 아니기에 사 단으로 받아들여지지는 않았다.

이제부터 그 작업을 해나갈 때였다.

김두찬은 채소다와 머리를 맞대고 소설의 큰 줄기와 여섯 종족 각각의 시나리오를 다시 검토해 나갔다.

*　　　　*　　　　*

정태조는 열심히 몽중인의 촬영에 임하고 있었다.

그러는 동안 정태조의 아내, 이수인의 마음은 하루하루 더 병들어가는 중이었다.

정태조는 그녀에게 곧 모든 일이 잘 풀릴 테니 조금만 자기를 믿고 기다려 달라 당부했다.

하지만 그 말을 믿고 있기에는 그동안 참아왔던 세월이 너무 길었다.

자기 스스로도 언제 터질지 모르는 시한폭탄 같은 상태였다.

게다가 요즘은 정태조가 영화 촬영으로 집을 비우는 날이 많아 더더욱 힘이 들었다.

물론 이수인도 안다.

정태조의 입장에서는 어쩔 수 없었다는 것을. 그가 의도했던 바가 아니라는 것을.

아울러 정태조는 그가 사랑하는 사람인 만큼 무너지는 걸 보고 싶지 않았다.

한데 이렇게 숨어 사는 삶은 이수인의 정체성을 계속 무너뜨리고 갉아먹었다.

이대로 가다가는 미쳐 버릴지도 모를 갑갑한 고통의 연속이었다.

정태조를 사랑하지만 이수인이 무너져 버리면 그 사랑도 결국 의미가 없어진다.

사랑이 증오로 바뀌기 전에 자신을 드러내면 정태조가 무너질 테고, 참자니 자신이 무너질 판이다.

이수인의 인내심은 금이 간 유리처럼 위태로웠다.

정태조는 빨리 김두찬의 글이 세상에 나오기만을 바랐다.

*   *   *

9월 14일.

주화란은 작업실에서 아침부터 싱글벙글이었다.

오늘은 드디어 그녀의 신작 '줄 위에 선 여인'이 출간되는 날이기 때문이다.

이미 리메이크작의 연이은 성공으로 주화란의 이름을 믿고 보는 팬 층이 두텁게 자리 잡았다.

한데 이번 신작은 리메이크된 구작들보다 더욱 재미있다는 것이 출판사 측의 판단이었다.

때문에 주화란도, 아띠 출판사 관계자들도 상당히 기대를 하고 있었다.

제대로 된 스코어를 예측해 보려면 앞으로 이삼 일은 기다려 봐야 한다.

터질 작품이라면 그때부터 이미 반응이 오기 마련이다.

하지만 그게 아니라면 대박까지는 바라서는 안 된다.

부디 신작이 독자들에게 더욱 확실히 주화란이라는 이름을 각인시켜 주기를, 그녀는 간절히 기원했다.

*　　　　*　　　　*

9월 16일.

"됐다!"

채소다가 작업실에서 만세를 불렀다.

드디어 '더 사가'의 프롤로그와 20화 분량의 글이 완성됐다.

더 사가는 채소다와 김두찬이 함께 각 화의 세부 스토리를 작성한 뒤 전체적 서술과 묘사는 김두찬이, 대사는 채소다가 집필하는 방향으로 진행됐다.

때문에 김두찬은 스토리에 더욱 치중하고, 채소다는 캐릭터에 조금 더 중점을 두는 쪽으로 작업 스타일이 굳어졌다.

그렇게 해서 나온 더 사가를 제일 처음으로 접하게 된 사람은 주화란이었다.

그녀는 로맨스 작가지만 환상서에서 김두찬에게 메시지를 보낼 만큼 판타지소설 역시 좋아했다.

그리고 좋아하는 만큼 많은 판타지소설을 읽었다.

주화란이라면 누구보다 정확하게 더 사가의 가치를 판단해 줄 수 있을 거라는 생각이 들었다.

20화 분량을 40분 만에 읽어버린 주화란이 고개를 절레절레 저었다.

"어때, 언니?"

채소다가 궁금해 죽겠다는 얼굴로 물었다.

주화란은 잠시 뜸을 들이다가 겨우 메인 목소리를 흘렸다.

"최고야……."

"최고야?"

"이게 두 사람한테 칭찬인지 아닌지 모르겠지만… 내가 지금까지 읽어본 판타지소설 중에 최고야."

"정말?"

"응."

"두찬아! 최고래!"

채소다가 펄쩍 뛰면서 김두찬을 와락 끌어안았다.

무방비 상태로 있다가 포옹을 당한 김두찬이 쿨럭거렸다.

"켁켁! 누, 누나. 놓고 말해요."

"꺄하하! 우리 소설 대박 날 거야, 분명! 그렇지?"

"당연하죠."

김두찬이 망설임 없이 긍정했다.

자신이 보기에도 이번 채소다와의 합작품은 지나온 그 어떤 글보다도 재미있었다.

처음에는 두 사람의 개성이 너무 강해 부딪히면 어쩌나 하는 우려도 조금은 있었다.

하지만 작업을 진행할수록 그건 기우에 불과했다는 걸 알았다.

채소다는 대단한 필력과 기발한 상상력을 가진 대단한 작가였지만 아집에 빠져 내가 최고라는 오만함을 두르고 있지 않았다.

언제, 어디서나, 누구에게든 배울 자세가 되어 있었다.

그것은 김두찬 역시 마찬가지였다.

그렇다 보니 두 사람의 작업에서는 충돌이라 할 만한 것이 없었다.

계속해서 서로를 독려하며 더 좋은 작품을 만들어내기 위해서만 달려 나갔다.

그렇게 김두찬과 서태휘, 두 환상문학 거장이 힘을 합치니 괴물 같은 작품이 탄생했다.

김두찬은 환상서에 이틀 전 새로 만든 아이디로 접속했다.

이번 작품은 두 사람의 합작품이기에 새로운 아이디를 사용할 필요가 있었다.

새 아이디의 닉네임은 휘와찬.

서태휘와 김두찬의 줄임말이다.

마치 그 옛날 포크송 가수 '수와진'을 떠올리게 할 만큼 시대에 뒤떨어지는 작명 센스였다.

하지만 딱히 더 좋은 게 생각나지 않았고, 크게 중요한 부분이 아니었으므로 넘어가기로 했다.

김두찬은 휘와찬의 이름으로 새 게시판을 생성했다.

그리고 첫날 5연참을 때렸다.

혼자 집필하는 글 같았다면 늘 그렇듯 10연참으로 시작했겠지만, 이번 작품은 합작이니 전처럼 속도가 붙지는 않았다.

해서 하루 5연참에 만족하기로 했다.

소설을 업로드한 다음 김두찬은 공지 글 하나를 작성했다.

공지 글의 제목은 '더 사가는 서태휘 작가와 김두찬 작가의 첫 합작 소설입니다'였다.

아무것도 모르고 게시판에 접속했던 독자들은 공지 글을 보고 눈이 돌아갔다.

두 사람 모두 환상서의 독보적인 네임드 작가다.

서태휘는 환상서에 처음 등장하는 순간부터 여러 가지 기록들을 갈아치우며 파격적인 행보를 보였다.

그 이후 등장한 김두찬은 그런 서태휘의 기록을 다시 한번 깨버리며 가히 전설이라 불릴 만한 자취를 새겨 나갔다.

그런 두 거장이 함께 만든 소설이라니!

독자들은 빠르게 이 소식을 자유게시판에 전했고, 수많은 독자들이 더 사가를 즐겨찾기에 추가했다.

그 결과 게시판을 생성한 지 불과 한 시간 만에 즐겨찾기 수는 1만을 돌파했고 평균 조회 수는 2만을 넘어버렸다.

또다시 정령신기가 세운 기록이 깨지려 하고 있었다.

댓글 반응은 두말할 것 없이 좋았다.

추천 수도 일괄적으로 1천 이상이 찍혔다.

조회 수에 비해 상당히 많은 추천 수가 박힌 것이다.

휘와찬의 성공적인 데뷔였다.

그런데 축하할 만한 소식이 김두찬의 스마트폰으로 한 가지 더 날아들었다.

그 소식을 전해준 사람은 선우동이었다.

―작가님! 배우의 이름 오늘 출간됐습니다! 편집부 반응이 아주 좋은 만큼 이번에도 쾌조의 성적을 기대하고 있습니다!

정태조의 과거사와 현재의 성공담을 담은 배우의 이름이 드디어 출간된 것이다.

희소식은 그뿐만이 아니었다.

띠링―

김두찬에 이어 주화란에게도 아띠 출판사로부터 문자가 도착했다.

그에 내용을 확인한 주화란의 얼굴이 밝아졌다.

"김 작가님, 소다야. 내 신작… 내일부터 중쇄 들어간대!"

"정말이야, 언니? 진짜진짜 축하해! 완전 대박이야!"

"축하해요, 주 작가님. 그렇게 될 거라고 생각했어요."

김두찬과 채소다, 그리고 주화란은 만세를 부르고 박수를 치며 자축했다.

특히 김두찬은 구름 위를 걷는 것처럼 기분이 좋았다.

그와 함께하고 있는 모든 사람들의 일이 잘 풀리고 있으니 족히 그럴 만했다.

"이런 날, 작업실에만 처박혀 있는 건 말이 안 되겠죠?"

김두찬의 말에 채소다와 주화란이 기대하는 시선을 던졌다.

"나가요. 좋은 안주에 한잔해요."

"오늘은 제가 살게요, 작가님!"

주화란이 번쩍 손을 들고 말했다.

"괜찮아요. 제가 살게요. 저번에 갔던 소고깃집 괜찮았죠? 거기로 가요."

그러자 채소다가 김두찬의 손을 덥석 잡고 고개를 마구 끄덕였다.

"네! 좋습니다! 역시 배우신 분!"

갑자기 존댓말을 사용하는 채소다의 얼굴 앞으로 시스템 메시지가 떠올랐다.

[채소다와 합작을 하게 됐습니다. 같은 분야에서 일을 하는 사람으로 사단 영입이 가능하나, 신뢰도가 80이 넘어야 합니다.]
[채소다의 신뢰도가 80을 넘었습니다. 채소다를 김두찬 님의 사단으로 영입할 수 있습니다. 그녀를 사단으로 인정하시겠습니까? YES/NO]

이런 메시지가 합작을 연재 개시한 시점이 아닌, 고기를 사준다는 시점에 뜨는 것도 참 채소다다웠다.
김두찬은 YES를 선택했다.

[채소다는 김두찬 님의 사단이 되었습니다. 그녀는 절대로 김두찬 님을 배신하지 않을 겁니다.]
[김두찬 사단을 만들어라: 3/4—서로아, 주화란, 채소다.]
[보너스 보상: 로나의 복귀]

'이제 한 명.'
정태조만 사단으로 받아들이면 로나가 돌아온다.

　　　　　*　　　　　*　　　　　*

　인기영이라는 작가의 정체를 아는 건 딱 네 그룹이었다.

　김두찬의 가족, 아띠 출판사 관계자들, 소속사 플레이 인 엔터테인먼트, 작업실의 작가들.

　그리고 예외적으로 한 사람, 정태조가 전부였다.

　그 외에는 누구도 인기영의 정체를 알지 못했다.

　그래서 배우의 이름이 더 주목받고 있었다.

　책이 출간된 지 3주가 지났다.

　10월 7일 토요일.

　인터넷 포털 사이트의 일간 검색어 상위권은 인기영 작가와 관련된 이슈들로 채워졌다.

　배우의 이름이 조용히 흥행몰이를 하다가 드디어 터진 것이다.

　독자들은 대체 이 자전적 실화 소설의 주인공이 누구인지 궁금해 했다.

　아울러 인기영이라는 작가의 정체 역시 알고 싶어 했다.

　하지만 근거 없는 추측들만 난무할 뿐, 영양가는 전혀 없었다.

　이미 책이 출간된 직후부터 그 대단하다는 네티즌 수사대가 나서서 배우 A와 인기영의 정체를 밝혀내려 했지만 대체 그들이 누군지는 오리무중이었다.

인기영이라는 이름은 본명이냐, 필명이냐.

인기영과 배우 A가 동일 인물이며, 즉 이 소설은 인기영의 자전소설이 아니냐.

그래서 결국 인기영은 누구라는 거냐.

이런 의문들이 꼬리에 꼬리를 물고 터져 나왔다.

결론적으로 인기영과 배우 A는 동일인이 아니라는 쪽으로 결론 났다.

배우의 이름은 작가들 사이에서도 상당히 잘 쓴 글이라고 회자되고 있었다.

한데 배우 A는 현재 네임밸류가 상당하다는 것을 소설 속에 기술해 놓았다.

그 정도로 뜬 배우들 중에서 이 정도의 글 실력을 가진 이는 없다는 것이 네티즌들의 판단이었다.

해서 네티즌들은 오로지 배우 A가 누구인지 밝혀내는 것에만 총력을 기울였다.

책 속의 내용처럼 연예계에 데뷔해서 고생만 하다가 뒤늦게 빛을 보게 된 총각 배우들 몇 명이 후보군에 올랐다.

그중에서는 정태조도 있었다.

그러나 그저 후보 중 하나일 뿐, 유력하다고 보는 사람은 없었다.

이는 정태조의 힘들었던 과거사에 대해 제대로 알고 있는 이가 많지 않았기에 벌어진 일이었다.

그는 묵묵히 연기만 해온 것이 다였다.

연기 판이 아니면 다른 곳에 발도 들이지 않았다.

예능 프로그램에 얼굴을 비추지 않는 건 물론이고 인터뷰 역시 꺼려 했다.

오로지 연기로만 모든 것을 보여주고 싶어 했다.

혹 인터뷰를 하게 된다 하더라도 힘든 과거사는 내뱉지 않았다.

해서 아무도 그의 과거에 대해 알지 못했다.

팬들도 그저 늦게 빛을 본 만큼 고난과 역경을 딛고 왔겠지, 짐작만 할 뿐이었다.

때문에 배우의 이름을 읽은 이들은 그게 정태조의 얘기임을 몰랐다.

아이러니한 건, 누군지도 모르는 배우를 수많은 사람들이 응원하기 시작했다는 것이다.

배우의 이름을 읽어본 사람이라면 거의 예외 없이 배우 A의 영원한 행복을 빌었다.

이미 배우 A의 팬카페까지 만들어졌다.

팬카페의 팬들은 배우 A가 편안히 자신을 밝힐 수 있는 분위기를 만들어주기 위해 열심히 노력했다.

여태껏 총각 행세했던 것도 상관없고, 거짓을 말한 것도 상관이 없다.

사랑과 일을 동시에 쟁취하려다 벌어진 작은 실수일 뿐이다.

그대는 대중을 기만하고 조롱한 것이 아니다.

그저 소중한 것을 모두 지키려던 욕심이 과했을 뿐이다.

이토록 고생했으니 이제 스스로를 드러내고 마음 편하게 살았으면 좋겠다.

등등의 내용들이 하루에도 수십 개씩 올라왔다.

비단 팬카페뿐만이 아니었다.

대한민국의 여론 자체가 배우 A를 이해해 주자는 쪽으로 흘러가고 있었다.

이를 본 정태조는 드디어 때가 왔다고 느꼈다.

이제 슬슬 이수인도 한계에 다다르고 있었다.

더 이상은 정태조가 컨트롤할 수 없는 상태인지라 마음이 불안하던 요즘이었다.

그 바람에 연기에도 집중이 안 됐다.

당연히 영화 촬영장에서의 분위기는 좋지 않았다.

하지만 이제 모든 것을 끝낼 때가 다가왔다.

—기자회견 열도록 하세요.

김두찬의 문자 한 통이 그의 가슴 속에 몰아치던 성난 파도를 잠재워 주었다.

*   *   *

10월 10일은 김승진의 생일이다.

그날은 부대찌개닭의 식당 문이 오후 4시에 닫혔다.

김승진과 심현미는 저녁 찬거리를 사서 집으로 돌아왔다.

김두찬도 오후 5시까지 모든 스케줄을 마치고서 귀가하는 중이었다.

뒷좌석에 몸을 파묻은 김두찬은 스마트폰으로 더 사가의 성적을 살폈다.

총 연재 회수 125화.

즐겨찾기 20만에 평균 조회 수 30만.

영웅의 노래와 정령신기를 완벽하게 압도하고 있었다.

채소다는 연일 기록을 갱신하는 더 사가의 성적에 행복한 비명을 질러댔다.

물론 그녀의 초점은 성적 그 자체보다는 그로 인해 떨어지는 콩고물에 더 맞추어져 있었다.

인기가 많은 만큼 돈도 많이 들어올 테고, 양질의 고기를 부담 없이 매일매일 사 먹을 수 있다는 것이 채소다의 행복이었다.

그녀 못지않게 주화란도 요즘 살맛이 났다.

줄 위에 선 여인이 대히트를 치며 5번째 중쇄에 돌입한 것이다.

게다가 공중파 방송국에서 그녀의 처녀작에 러브콜을 보내왔다. 로맨스가 없는 하루를 드라마화하자는 제안이었다.

주화란의 입장에서는 거절할 이유가 없었다.

그녀는 이를 수락했고 얼마 전 김두찬과 함께한 자리에서 계약을 무사히 마쳤다.

이제는 주화란도 사이즈가 커지고 있었다.

김두찬 사단의 작가들이 커나가는 것은 김두찬에게 있어서 그 어떠한 것보다 큰 기쁨으로 다가왔다.

서로아에게는 얼마 전 새로운 동화를 한 편 만들어 전달했다.

고기도 먹어본 놈이 더 잘 먹는다고 했다.

이미 동화를 한 편 집필해 본 경험이 있던 터라 전보다 수월하게 써졌다.

이번 동화는 청도의 꿈과는 색이 달랐다.

청도의 꿈은 어른과 아이가 함께 즐길 수 있는 동화였다.

하지만 이번 이야기는 아이들의 교육을 위한 목적성이 컸다.

제목은 '숫자 이야기'.

0부터 9까지의 숫자들에게 생명을 부여해 그들 사이에서 벌어지는 소소한 일상을 다뤘다.

내용 자체는 별게 없지만 아이들의 시선에서 충분한 공감과 재미를 느낄 수 있도록 집필했다.

아울러 아이들이 동화 속 이야기를 즐기다 보면 절로 숫자의 개념에 대해서도 이해할 수 있는 장치를 해놓았다.

0이 막내, 9가 맏형이라는 설정이 그것이었다.

숫자 이야기의 텍스트는 각 장마다 한 줄, 두 줄 정도가 고작이었다.

대부분은 서로아의 그림으로 표현될 터였다.

전작에 비해 서로아의 참여도가 높은 작품이었다.

김두찬이 서로아의 영역을 넓혀주기 위해 일부러 이런 식으로 작품을 구상한 것이다.

이런저런 일들을 신경 쓰다 보니 밴은 어느새 집 앞에 도착했다.

김두찬은 장 매니저의 수고에 감사를 표한 뒤 돌려보내고 집 안으로 들어섰다.

그의 양손에는 케이크가 담긴 박스와 안마 의자 카탈로그가 들려 있었다.

현관에 발을 들이자마자 맛있는 음식 냄새가 코를 자극했다.

간만에 일찍 들어온 심현미가 솜씨를 발휘한 것이다.

"저 왔어요."

"아들~ 왔어?"

열심히 잡채를 볶던 심현미가 김두찬을 반갑게 맞았다.

소파에 앉아 텔레비전을 보고 있던 김승진이 한 손을 슥 들었다.

"이게 누구야? 얼굴 보기 힘든 장남 아니신가?"

"아빠, 생신 축하해요."

김두찬은 케이크를 김승진의 품에 안겨주었다.

"이야, 이게 얼마 만에 받아보는 케이크인지 모르겠다."

김두찬의 가족은 몇 년 전부터 가족 간의 생일을 챙기지 않았다.

그게 생활고 때문이었다는 것을 김두찬은 얼마 전에야 알 수 있었다.

그전까지는 그저 관심이 없다고 생각했다.

그게 아니었다.

먹고살기에 여념이 없으니 생일이 안중에도 없었던 것이다.

하루하루 근심 걱정에 마음이 불안하면 여유가 사라지기 마련이다.

그래서 김두찬은 지금부터라도 가족의 생일을 스스로 챙기겠다, 마음먹었다.

그 첫 번째 수혜자는 심현미였다.

9월에 생일이 있던 심현미는 김두찬에게 거한 생일상을 받았다.

그때의 기억이 정말 좋았던 심현미였기에 김승진의 생일 역시 제대로 축하해 주고 싶었다.

김두찬이 어련히 알아서 챙겨주겠냐만은 심현미도 제대로 된 생일 음식을 만들어 내놓기로 했다.

거실에 놓인 상 위에는 이미 음식이 한가득이었다.

소갈비찜, 소고기 미역국, 오징어 숙회, 전어 회, 전복버터구이, 매운탕, 각종 전에다가 과일 샐러드, 자잘한 나물 반찬과 김치까지.

"와~ 이게 다 뭐예요?"

"솜씨 좀 발휘했지."

심현미가 잡채를 접시에 담아 상에다 나르고서는 브이 자를 그렸다.

"오빠 왔어?"

그때 김두리가 2층에서 내려왔다.

"인마, 엄마 혼자 음식 하시는데 좀 돕지. 상 다 차리니까 내려오냐."

"잊었나 본데 나 고3이야. 수능이 한 달밖에 안 남았다고."

"두리야, 수능은 평소에 공부를 열심히 한 애들이나 신경 쓰는 거야."

"윽!"

김두찬의 팩트 폭행에 김두리가 얼굴을 팍 찌푸렸다.

하지만 쉽게 굽히지는 않았다.

"여태까지 놀았으니까 지금부터라도 열심히 해야지! 비록 내가 연기 전공으로 방향을 잡았다지만 수능 성적이 전혀 상관없는 건 아니란 말이야."

"대학 가려고?"

"응. 태평예술대학 연기과로!"

"뭐? 우리 대학? 거기도 쉽게 들어갈 수 있는 곳은 아니야. 너처럼 고3 내내 내신 따위 개나 줘버리란 자세로 팡팡 놀아 버린 경우는 더 힘들다."

"까먹은 만큼 수능 점수랑 실기로 만회할 거야!"

놀리면 놀리는 대로 반응하는 김두리가 귀여워서 김두찬은 피식 웃었다.

"그럼 내기할까?"

"무슨 내기?"

"네가 대학 가면 등록금 오빠가 다 내주고, 용돈 두 배 인상해 준다. 어때?"

"진짜지? 콜! …근데 내가 질 경우엔? 뭐 해야 돼?"

"1년 재수하는 거지, 뭐."

"아……."

김두리의 어깨가 급 축 처졌다.

그런 딸내미의 등을 심현미가 툭 쳐서 상 앞으로 밀었다.

"일단 앉아."

터덜터덜 상 앞으로 다가온 김두리가 갈비찜을 보더니 이내 밝아졌다.

"와아! 갈비찜이다!"

김두리의 얼굴에 웃음꽃이 만개했다.

"아빠도 얼른 와서 앉아. 주인공이잖아."

"오냐."

김두리의 재촉에 김승진이 상 앞에 자리했다.

김두찬은 심현미를 도와 밥을 퍼 나른 뒤 엉덩이를 붙였다.

네 가족이 모두 모여 앉자, 김승진은 케이크를 꺼내 상 중앙에 놓았다.

거기에 초를 꽂고 불을 붙였다.

가족들은 박수를 치며 생신 축하 노래를 불렀고, 김승진이 한숨에 불을 모두 껐다.

오래간만에 받아보는 축하 자리가 김승진은 영 쑥스러우면서도 좋은 내색이었다.

간단한 축하가 끝나고 난 뒤 모두의 수저가 바쁘게 움직였다.

심현미의 음식은 하나하나가 전부 맛있었다.

김두리는 거침없이 젓가락을 놀리며 계속 엄지를 추켜세웠다.

김두찬은 심현미에게 고생했다는 말을 건넸다. 그러고는 안마 의자 카탈로그를 김승진에게 내밀었다.

"응? 이게 뭐냐?"

"안마 의자 카탈로그예요."

"안마 의자?"

"네. 거기 보시면 상단에 있는 가장 비싼 놈으로 주문했어요. 내일이면 도착할 거예요."

김승진이 가격을 확인하니 무려 800만 원을 호가했다.

"야야, 두찬아. 이거 너무 비싼 거 아니냐?"

"아빠랑 엄마 여태 고생하신 거에 비하면 아무것도 아니죠. 가격 신경 쓰지 마시고 건강 챙겨야 할 때예요."

거기에 심현미도 한마디 거들었다.

"우리 아들 말이 맞아요. 안마 잘 받고 병치레 없이 오래 살다가 건강하게 죽으면 그게 두찬이한테 보답하는 거지, 뭐."

"음… 고맙다, 아들아."

결국 김승진은 머쓱하게 웃으며 고마운 마음을 전했다.

"이런 날 술이 빠지면 섭하지."

밥공기의 밥이 반쯤 비워졌을 무렵 심현미가 술과 술잔을 가져왔다.

그때부터는 가족들 간의 단란한 술자리가 이어졌다.

한참 이런저런 얘기들을 나누던 와중 텔레비전에서 흘러나오는 뉴스 앵커의 음성이 유독 김두찬의 귀에 꽂혔다.

—다음 소식입니다. 국민 순수남이라 불리는 영화배우 정태조 씨가 긴급 기자회견을 열었다고 합니다. 기자회견장에서 그는 화제의 소설, '배우의 이름'에 등장하는 배우 A가 바로 자신이라는 충격 고백을 했습니다. 이 장면, 영상으로 만나보시겠습니다.

배우의 이름이라는 소리에 가족들의 시선도 일제히 텔레비전으로 향했다.

"배우의 이름? 두찬아. 그거 네 필명으로 낸 소설 아니니?"

심현미가 물었다.

"맞아요."

"거기 나오는 배우 A가 정태조였어? 그럼 그게 다 정태조 얘기야?"

김승진도 눈을 동그랗게 뜨고 질문했다.

"네."

뉴스에서는 정태조의 기자회견 영상 중 편집된 핵심 부분들이 송출되고 있었다.

—우선 저를 아껴주셨던 국민 여러분을 기만한 죄, 사죄드립니다.

기자회견은 정태조의 정중한 사과로 시작됐다.

그는 사과의 말과 함께 단상에서 조금 물러나 허리를 구십 도로 숙였다.

다음 장면은 서론을 건너뛴 본론이 이어졌다.

─배우의 이름에 등장하는 주인공 배우 A는 바로 접니다. 그것은 저와 친분이 있던 작가님께서 제 동의하에 소설로 집필한 제 자전적 이야기입니다. 아마 제가 많이 안되어 보였던 것 같습니다. 항상 열심히 하는 배우, 순수한 이미지의 배우. 그것이 제게 씌여 있던 프레임이었습니다. 하지만 그 때문에 저는 갈수록 더 힘들어졌습니다. 사실이 아니기 때문입니다. 작가님께서는 그런 제게 용기를 주셨습니다. 그리고 더 늦기 전에 모든 사실을 고백하라 충고하셨습니다. 그에 용기를 내어 이 자리에 섰습니다. 국민 여러분께 진실을 고합니다. 저에게는… 사랑하는 여자가 있습니다. 그리고 제 목숨보다 아끼는 아이가 있습니다.

뉴스에서 준비한 영상은 거기까지였다.

돌아가는 상황을 지켜보던 김두리가 고개를 주억거렸다.

"알겠네. 정태조 살리고 영화도 살리려고 필명으로 책 낸 거지?"

김두리는 꼭 의외의 부분에서 눈치가 빨랐다.

김두찬이 순순히 이를 인정했다.

그러자 김승진과 심현미가 혀를 내둘렀다.

"우리 아들 정말 똑똑하네. 그렇죠?"

"그러게. 이런 식으로 커밍아웃하면 욕 안 먹지. 동정표가 더 쏠릴걸."

"술이나 계속 마시죠."

두 사람의 칭찬이 계속 이어지면 머쓱해질 것 같았던 김두찬이 말을 끊었다.

그러고는 부모님의 빈 잔에 술을 채웠다.

그날, 생일상에서의 술자리는 늦게까지 이어졌다.

그리고 홀로 틀어진 텔레비전에서는 이온 음료 CF가 흘러 나오고 있었다.

CF의 주인공은 아직 얼굴이 알려지지 않은 신인 탤런트였다.

한데 외모가 대단했다.

가족들과 대화를 하던 와중 스치듯 텔레비전을 본 김승진의 눈에도 확 들어올 만큼 예뻤다.

만약 김두찬이 CF를 봤다면 적잖이 놀랐을 것이다.

청초한 분위기 속에서 이온 음료를 들고 미소 짓는 여인은 다름 아닌 주로미였다.

*   *   *

다음 날, 언론은 배우 A가 정태조였다는 사실로 시끌벅적했다.

김두찬이 그려놓은 그림대로 그는 거짓되었던 몇 년 동안의 생활에 대해 비난받지 않았다.

물론 모든 사람들이 정태조를 용서할 수 있었던 건 아니다.

하지만 그를 지탄하고 욕하는 건 일부에 그쳤다.

대부분은 정태조를 응원했다.

사실을 감추어야 했던 그의 과거를 이해하며 동정표를 던졌다.

이러한 사태는 김두찬이 생각지 못했던 효과까지 불러왔다.

정태조의 이미지가 전보다 더 좋아진 것이다.

성공에 눈이 멀어 사랑하는 연인과의 관계를 부정하거나 버리는 연예인이 수두룩한 것이 연예계였다.

그런데 정태조는 끝까지 자신의 여인과 아이를 지키려고 노력했다.

그 때문에 로맨티스트라는 별명이 붙었다.

아울러 책임감이 강한 사람이라는 이미지까지 생겼다.

불과 얼마 전까지만 해도 그는 국민을 상대로 대사기극을 벌인 쓰레기가 될 뻔했다.

그런데 지금, 고백의 방법을 바꾼 것만으로 상황을 반전시 컸다.

정태조는 김두찬의 도움으로 제2의 배우 인생을 살게 된
것이다.

*　　　　*　　　　*

아침 일찍 일어나 인터넷 기사들을 살펴보던 김두찬의 입
가에 미소가 어렸다.

'됐어.'

정태조와 영화 몽중인, 둘 다 무사히 살려냈다.

하루의 시작이 만족스러웠다.

김두찬은 김두리와 아침을 챙겨 먹고 샤워를 했다.

그리고 옷장에 가득 쌓인 옷을 챙겨 입은 뒤, 전신 거울에
비춰 보았다.

훤칠한 키에 쫙 빠지고 다부진 몸매, 조각 같은 미모의 남
자가 그 안에 서 있었다.

얼굴엔 자신감이 가득했고, 두 눈에서는 열정이 빛났다.

가을에 맞게 스타일링한 옷 또한 멋졌다.

'이게… 나.'

김두찬은 이따금씩 지금 자신의 모습이 낯설게 다가오곤
했다.

지금이 그랬다.

이제는 익숙해질 법도 한데 불현듯 이게 정말 자신의 모습이 맞는 건가 싶을 때가 있었다.

불과 몇 달 전만 해도 그는 아무것도 아니었다.

세상에 적응 못 하고 혼자만의 세계에 혼자 사는 청년에 불과했다.

그런데 지금의 인생은 백팔십 도 달라졌다.

김두찬의 얼굴과 이름을 대한민국의 많은 사람들이 안다.

그가 번 돈으로 가족의 생활 수준이 바뀌었다.

김두찬을 믿고 따라 와주는 사람들도 생겼다.

그 모든 것은 로나와 인생 역전이 있었기에 가능한 일이었다.

김두찬은 아직도 왜 로나가 자신을 택했는지에 대해서 알지 못한다.

처음에는 인생 역전이라는 게임의 플레이어를 무작위 추첨해서 자신이 당첨된 것이라 생각했다.

하지만 로나는 김두찬을 선택한 이유가 있다고 말했다.

'이건 꿈이 아니야. 현실이야.'

그렇기에 자신에게 주어진 모든 것들을 소중히 여겨야 했다.

지금 움켜쥔 많은 것들은 오직 스스로의 능력으로 일궈낸 것이 아니었다.

자신감을 갖되 거만과 오만은 멀리하자고 마음먹으며, 김두찬은 집을 나섰다.

늘 그렇듯 미리 와서 대기하고 있는 밴을 타고 학교로 향했다.

김두찬은 뒷좌석 테이블에 노트북을 올려놓고 얼마 전 구상했던 새로운 소설의 시놉시스를 살폈다.

그런 김두찬의 귀로 장대찬의 목소리가 들려왔다.

"작가님, 잠은 푹 주무셨습니까?"

"그럼요. 매니저님은요?"

"저도 늘어지게 자고 나왔습니다. 근데 저, 궁금한 게 하나 있습니다. 질문해도 되겠습니까?"

"얼마든지요."

김두찬이 노트북에 두었던 시선을 운전석으로 돌렸다.

"주제넘은 질문일 수도 있는데 말입니다. 요즘 미연 씨랑은 별문제… 없으신 거죠?"

"그럼요. 왜요?"

"아니, 원체 두 분이 바쁘셔서 자주 못 만나는 건 알고 있는데 말입니다. 요새는 유독 더 못 보는 것 같아서 말입니다."

"그랬나요?"

장대찬의 말에 곰곰이 생각해 보니 확실히 요즘 정미연과 데이트를 즐긴 적이 없었다.

화보 촬영을 위해 일적으로 만나는 것이 전부였다.

정미연이 원체 바쁜 것도 있지만 요즘엔 김두찬이 그녀보다 더 바빠서 시간을 내기가 어려웠다.

그러다 보니 알게 모르게 서로 소홀해졌던 면이 없잖아 있었다.

하지만 정미연은 김두찬에게 서운하다는 표현이나 내색을 한 적이 없었다.

서로 일 때문에 바쁜 건 얼마든지 이해해 주는 타입이었다.

그래서 아무런 문제가 없다고 생각했다.

하지만 장대찬의 생각은 조금 달랐다.

"제가 겪어본 여자는 말입니다. 안 그런 척해도 사실은 그런 겁니다."

"네? 그게 무슨 말씀이세요?"

"그러니까 작가님께서 바쁜 것 때문에 자주 볼 수 없는 이 상황 자체를 이해하는 것 같으면서도 실은 마음 한편에 서운함이 쌓이고 있을지도 모른다는 얘깁니다."

"음… 그런가요?"

김두찬으로서는 한 번도 생각해 본 적 없는 문제였다.

"주제넘은 발언 죄송합니다!"

살짝 심각해진 김두찬의 얼굴을 룸미러로 확인한 장대찬이 바로 사과했다.

김두찬은 두 손을 내저으며 말했다.

"아니에요. 주제넘긴요. 저보다 인생 경험 많으신데 그런 조언 얼마든지 할 수 있으시죠. 오히려 감사해요, 장 매니저님. 미연 씨한테 조금 더 신경 쓰도록 할게요."

"그렇게 생각해 주시면 제 마음이 조금 편하고요! 하하하!"

장대찬의 큰 웃음소리와 함께 두 사람의 대화가 끊어졌다.

김두찬은 바로 정미연에게 메시지를 보냈다.

―미연 씨, 잘 잤어요?

그러자 몇 분 있다 답장이 왔다.

―좋은 아침, 자기♡

짧은 한 줄의 문장을 본 김두찬의 얼굴에 미소가 어렸다.

―밥 먹었어요?

―바빠서 패스. 두찬 씨 오늘도 바쁘죠?

―네. 학교 가는 중이에요. 수업 끝나자마자 작업실로 갈 것 같아요.

―응. 파이팅~

―미연 씨도요.

메시지는 그렇게 마무리되었다.

둘 사이에 큰 문제가 없다고 생각한 김두찬은 안도하고서 다시 집필에 집중하려 했다.

그런데 주로미에게서 문자가 왔다.

―두찬아. 학교 오고 있어?

―응. 가는 길이야. 무슨 일이야?

주로미는 일전에 홍근원과 함께 셋 사이를 정리한 이후 오히려 불편함 없이 지내고 있었다.

학교에서 봐도 서로를 스스럼없이 대했다.

그래서 이렇게 문자를 나누는 것도 부담이 없었다.

—나 보름 전에 CF 찍었는데 봤어?

—그랬어?

—텔레비전에 몇 번 나왔는데. 못 봤나보네.

—미안미안. 요새 그럴 경황이 별로 없어서ㅎㅎ 무슨 CF 찍었어?

—이온 음료. 나 인터넷에 프로필 등록돼서, 내 이름 치면 관련 CF 나와.

—그래? 알았어. 꼭 볼게.

—응~ 학교에서 봐.

김두찬은 스마트폰으로 주로미의 이름을 검색했다.

그러자 인물 검색에 그녀의 프로필이 나타났다.

무하 엔터테인먼트에서 주로미를 띄워주기 위해 열심히 움직이고 있다는 게 느껴졌다.

관련 CF탭을 누르니 주로미가 말한 이온 음료 CF에 대한 정보가 올라와 있었다.

하지만 CF 영상 자체가 업로드된 건 아닌지라 음료 회사 홈페이지에 접속해서 영상을 시청했다.

30초가량의 짧은 CF를 보고 난 김두찬은 저도 모르게 감탄사를 내뱉었다.

"와……."

이건 가히 역대급 이온 음료 CF라 해도 과언이 아니었다.

주로미의 미모는 회사의 케어를 받으면서 만개하고 있었다.

원체 예쁜 얼굴이었지만 갈수록 더 예뻐지는 중이었다.

사실 김두찬은 그녀의 미모가 정미연의 스타일링을 받은 이후 정점을 찍었다고 생각했었다.

하지만 지금의 주로미를 보면 그게 얼마나 잘못된 생각이었는지를 알 수 있었다.

*   *   *

밴은 학교 정문 앞에서 김두찬을 내려주었다.

밴이 떠난 뒤, 캠퍼스를 걸어가는 김두찬에게 주변 모든 학생들의 시선이 집중되었다.

이제는 김두찬에게 살갑게 다가와 사인을 해달라거나 같이 사진을 찍어달라는 학생들도 제법 있었다.

김두찬은 태평예술대학 내에서 명실공히 연예인 버금가는 인물이었다.

그가 자신을 알아보는 모든 사람들에게 친절히 대응해 주며 강의실에 도착했을 무렵.

정태조에게 전화가 왔다.

"정 배우님. 안녕하세요."

—김 작가님. 감사합니다. 정말 감사합니다!

정태조는 인사를 주고받기도 전에 감사의 마음부터 전했다.

연신 감사하다는 말을 하는 그의 목소리가 상당히 격양되어 있었다.

"축하드려요. 아침에 기사 보고 한시름 놓았어요."

—제가 이 은혜를 어떻게 갚아야 할지 모르겠습니다. 김 작가님은 제 인생의 은인이에요. 지금 집사람도 꼭 작가님 뵙고 감사하다는 말씀드리고 싶다고 성화입니다.

"혹시… 인기영이 저라는 거 말씀하셨나요?"

—아니요. 절대 말 안 했습니다. 아내는 인기영 작가가 누군지도 모르고서 무작정 인사 한번 하게 해달라고 그러는 거예요. 정말, 제가 이 고마움을 말로 다 표현할 수가 없어요, 작가님! 어떻게 하면 보답해 드릴 수 있을까요?

정태조의 진심을 고스란히 전해 받은 김두찬의 입술이 기분 좋은 호를 그렸다.

"정 배우님 문제 잘 해결된 걸로 저는 괜찮아요."

그리고 정태조가 은혜를 갚으려 하지 않아도 그는 갚게 될 것이다.

정태조와 대면하게 되면 분명 진행 중인 사단 퀘스트의 시스템 메시지가 나타날 테니 말이다.

'지금은 떨어져 있으니 아무런 반응이 없는 것이겠지.'

정태조만 사단으로 받아들이면 퀘스트를 완료하고 로나가 돌아온다.

그것만으로 김두찬은 족했다.

하지만 정태조의 생각은 달랐다.

─반드시 작가님께서 뭐라고 하시더라도 저는 이 은혜 갚을 겁니다. 정태조라는 이름 석 자가 작가님께 도움되는 일이 분명 있을 거라고 장담할게요.

"알겠어요. 감사해요, 정 배우님."

─현장에는 또 언제 구경 오시나요? 얼굴 보고 얘기하고 싶네요. 시간 안 되시면 제가 짬을 내서라도 한번 찾아뵐게요.

"아녜요. 안 그래도 한 번 더 구경 가려고 했어요. 조만간 연락드릴게요."

─알겠습니다. 그럼 기다리겠습니다!

"네. 고생하세요."

통화를 마친 김두찬의 가슴이 벅차올랐다.

김두찬은 자신이 가장 잘할 수 있는 재능으로 커다란 위기를 해결했다.

그가 집필한 배우의 이름에서는 배우 A가 고생 끝에 빛을 보는 것으로 끝이 난다.

현실에서의 정태조는 모든 사실을 고백하고 대중들에게 면죄부를 받으면서 새로운 시작을 알리고 있었다.

김두찬이 홀가분한 마음으로 강의실에 들어섰다.

그러자 숱한 남학생들 사이에 둘러싸여 있던 주로미가 김두찬에게 쪼르르 다가와 물었다.

"두찬아, CF 봤어?"

"어? 응. 봤어."

"어땠어?"

주로미가 잔뜩 기대하는 얼굴로 물었다.

"응. 예쁘게 잘 나왔더라."

김두찬의 대답이 만족스러웠는지 주로미가 환한 미소를 지어 보였다.

그녀는 또다시 며칠 전보다 아름다워져 있었다.

Liking 72

반가워요

수요일 첫 강의는 장혁우 교수의 대사 작법이었다.

"아, 강의하기 싫다."

장혁우 교수의 첫마디였다.

그의 입이 떨어짐과 동시에 모든 학생들의 입에서 웃음이 터져 나왔다.

장혁우 교수는 그 광경을 바라보며 교탁을 탁탁 쳤다.

"이렇게 날 좋은 날 강의실에 처박혀서 시간을 보내야 한다는 게 말이나 되는 얘깁니까. 집중 빡세게 해서 30분 일찍 끝내고 나가 놉시다. 시작할게요."

장혁우 교수는 전임 교수가 아니라 시간강사였다.

올해 서른을 갓 넘긴 그는 묘한 매력이 있는 남자였다.

잘생긴 건 아니지만 그 나이보다 젊어 보였다.

또한 근육질의 쫙 빠진 몸매는 아니지만 맵시 있게 옷을
잘 입었다.

말을 툭툭 성의 없게 하는 것 같으면서도 그 안에 늘 진심
이 느껴졌다.

강의 역시 너무 쉬운 내용들만 전달하니 별게 없는 것 같은
데 돌이켜 생각해 보면 돈 주고도 듣기 힘든 명강의라 느껴질
때가 태반이었다.

사실 강의 내용 자체는 모호하고 어려운 것들이었다.

그럼에도 막상 들을 땐 별것 아닌 것처럼 느껴지는 이유는
그가 쉽게 풀어서 설명하기 때문이다.

'재미있는 분이야.'

김두찬은 장혁우를 보며 생각했다.

그는 겨우 서른의 나이에 모든 것을 이룬 사람이었다.

연극배우 출신으로 스물 초반까지는 크게 빛을 못 보다가
중반 무렵부터 갑자기 뜨기 시작했다.

처음에는 춘천의 작은 극단에서 두각을 드러냈다.

그러더니 3년도 되지 않아 극단을 나와 청소년 극단 무하
를 설립했다.

무하는 빠르게 성장해 3년 만에 춘천을 대표하는 청소년 극단으로 우뚝 섰다.

그러는 동안 장혁우 본인 역시 성장해 브라운관과 드라마에서 주조연을 꿰차며 입지를 다졌다.

이후, 장혁우는 주연으로 출연하는 영화마다 흥행시키며 충무로의 흥행 보증수표라 불렸다.

그는 연예계에 데뷔한 이후로 신인배우상, 남우주연상, 방송연기대상 등 갖가지 상을 휩쓸었다.

젊은 나이에 손에 넣은 갖가지 화려한 타이틀은 사람을 거만하게 만들 법도 했지만 그는 더욱 노력에 노력을 거듭했다.

결국 할리우드에서 영화 제의를 받아 성공적 데뷔를 이루어냈다.

끊임없이 성공 가도를 달리던 장혁우는 3년 전, 무하 엔터테인먼트라는 연예 기획사를 설립했다.

그리고 2년 동안 열심히 키워 한국에서 세 손가락 안에 꼽는 매니지먼트사로 성장시켰다.

현재 주로미의 소속사인 무하 엔터테인먼트가 바로 이곳이다.

사람들은 이제 장혁우가 연예계에서 은퇴해 신인 탤런트들을 양성해 나가려는 것 같다고 추측했다.

하지만 1년 전 그는 매니지먼트 사업에서 손을 뗐다.

대표이사의 자리를 가장 믿고 아끼던 동료이자 후배인 안준형에게 넘겨주고 물러나려 했다.

그러나 안준형은 이를 거부하며 장혁우를 계속 대표이사로 남겨둔 뒤, 본인은 캐스팅 실장이라는 직함을 달았다.

물론 장혁우는 자신의 뜻에 따라 회사의 일을 돌보지 않았다.

모든 실무는 안준형이 이끌어가는 중이었다.

그럼에도 안준형은 무하의 상징 격인 장혁우의 이름을 대표이사 자리에서 내려놓기가 싫었다.

이후부터 장혁우는 여러 대학에서 시간강사 일을 하며 세월을 보내는 중이었다.

자신이 연극, 드라마, 영화판에서 몸소 느끼고 배우고 익히게 된 모든 것들을 후학들에게 가르쳐 주고 싶은 욕심에서였다.

때문에 강의 자체는 대사 작법이지만, 학생들은 그보다 더 거대한 스펙트럼의 강의를 들을 수 있었다.

아무튼 장혁우는 더 높이 성장할 수 있었고, 더 멀리 갈 수도 있는 사람이었다.

그러나 박수 칠 때 모든 걸 내려놓고 연예계에서 떠나 버린 그의 행보는 파격적이면서도 존경 받을 만했다.

이미 이 바닥에서 장혁우는 살아 있는 전설이나 다름없었다.

한데 학생들 앞에서 강의를 하는 그에게서는 어떠한 권위나 묵직한 위압감 같은 것이 전혀 느껴지지 않았다.

오히려 오다가다 만나는 동네 형처럼 편했다.

김두찬은 그런 장혁우가 대단하다 여겨졌다.

'장 교수님에게는 인생 역전이 없어.'

그는 오로지 스스로의 노력으로 지금 이 자리에 온 것이다.

여러 가지 면에서 존경할 만한 인물이라 생각됐다. 아울러 과연 그의 가장 뛰어난 능력은 무엇일지가 궁금해졌다.

'이제 퀘스트 완료까지 남은 인원은 한 명.'

김두찬 사단으로 서로아, 주화란, 서로아가 인정되었다.

정태조만 사단의 일원으로 만들면 퀘스트가 끝나고 다시 사람들의 호감도를 볼 수 있게 된다.

잠시 멈췄던 인생 역전의 시스템이 재가동되는 것이다.

'이제 조금만 더 기다리면 퀘스트 클리어야.'

정태조에게 듣기로 오늘은 새벽 촬영이 있을 것이라고 했다.

김두찬은 하교 이후 작업실에 들렀다가 새벽에 촬영장으로 향할 계획이었다.

대사 작법 시간은 장혁우가 예고했던 대로 30분 일찍 끝났다.

현재 시간 11시 20분.

다음 강의는 12시 50분부터니 공강 시간이 제법 넉넉하게 있었다.

김두찬은 친구들과 어울려 식당으로 향했다.

일곱 명의 무리 속에는 장재덕과 주로미도 함께였다.

그리고 연기과인 홍근원도 있었다.

홍근원은 오늘 첫 수업이 오후부터임에도 주로미를 보려고 일찍 등교했다.

김두찬과 주로미, 그리고 홍근원.

이 세 사람은 민감한 문제를 나름대로 정리한 이후 서로 어색하지 않게 대했다.

물론 아직 마음속 모든 감정의 찌꺼기를 털어냈다고는 할 수 없었지만, 그건 시간이 지나면 해결해 줄 터였다.

홍근원은 식당으로 향하는 도중, 그리고 식당에 도착해서도 주로미의 곁에서 시종일관 떨어질 줄을 몰랐다.

누가 봐도 나 주로미에게 관심 있다는 것을 티내고 있었다.

김두찬의 옆에서 밥을 먹던 장재덕이 그런 둘을 보며 속삭였다.

"두찬아, 쟤들 곧 사귈 것 같지 않냐?"

"그렇게 보여?"

"처음엔 로미가 완전 철벽이었는데 지금은 겁나 잘 웃어주잖아. 로미 성격상 관심도 없는 남자한테 저렇게 웃어주지는 않아."

"그걸 네가 어떻게 알아?"

"응. 나한테는 한 번도 웃어주지 않았거든."

말을 하는 장재덕의 얼굴이 급격히 우울해졌다.

김두찬은 저도 모르게 웃음이 터지려는 걸 꾹 참았다.

"아무튼 쟤들 곧 사귄다. 두고 봐라."

"뭘 두고 보기까지. 사귀면 사귀는 거지."

"역시 예쁜 애인 있는 놈은 마음 자세부터가 다르구나. 나는 배 아파 죽겠는데."

그때 한참 홍근원과 웃고 떠들던 주로미가 김두찬에게 말을 걸었다.

"두찬아, 점심 먹고 바빠?"

"응? 아니, 딱히."

"그럼 나랑 따로 얘기 좀 할래?"

"알았어."

"나도 그 따로 얘기하는 자리에 끼면……."

불쑥 말을 꺼낸 홍근원이 주로미의 눈치를 보다가 바보처럼 에헤헤 웃었다.

"안 되겠지?"

"둘이서만 할 얘기가 있어서. 미안, 근원아."

주로미가 홍근원에게 양해를 구했다.

홍근원은 살짝 풀이 죽은 얼굴이었으나 더 이상 뭐라고 하지는 않았다.

'갑자기 무슨 얘기를 하려는 거지?'

표정이나 태도로 보아서는 무거운 얘기를 꺼내려는 것 같지는 않았다.

*　　　　*　　　　*

"너한테는 내 마음 이제 정말 받아줄 곳이 없는 거라는 걸 알았어, 두찬아."

무거운 얘기였다.

한적한 카페 안.

김두찬과 주로미는 마주 보고 앉아 있었다.

"로미야. 그 얘기 하려고… 했던 거야?"

"음… 사실 나, 널 확실히 정리하진 못했었어. 물론 예전보다 많이 정리가 된 상태야. 그런데… 아직 미련이랄까, 그런 게 남아 있었나 봐. 넌 좋은 애인이 있으니 그냥 놓아주어야 하는 게 맞는 거잖아. 그런데 이쪽 일 하고 난 후 예전의 내 모습이랑은 안팎으로 많이 바뀌면서 혹시나… 하는 기대를 하게 되더라."

김두찬은 주로미의 얘기를 그저 듣고 있을 뿐이었다.

어떠한 말을 꺼내기가 영 조심스러웠다.

주로미는 김두찬에게 무언가를 묻지 않았다. 그의 반응을 기대하는 눈치도 아니었다.

그저 담담히 자기 이야기를 이어나갔다.

"그게 너무 바보 같은 거야. 잘못된 길이라는 걸 알면서도 걸어가는 건… 한 번 더 잘못하게 되는 거니까. 그래서 정리하려고. 아무래도 네 앞에서 선을 그어버리면 깔끔하지 않을까 싶었어."

그렇게 말하는 주로미의 눈빛에선 일말의 망설임이나 흔들림이 보이지 않았다.

이미 그것만으로도 그녀의 마음을 익히 짐작할 수 있었다.

"이미 다 정리하고 나온 것 같은데?"

김두찬은 확신에 차 말했다.

주로미는 벌써 김두찬을 정리한 게 분명했다.

"그런가? 그냥 확실히 하고 싶었나 봐. 뒤에 약간의 미련이라도 남지 않도록."

주로미가 배시시 웃었다.

김두찬이 처음 받아들인 무거운 분위기는 온데간데없이 사라졌다.

이제 두 사람은 비로소 진정 편한 마음으로 서로를 대할 수 있었다.

사랑이 정리되니, 관계가 정리됐다.

하지만 아직 정리되지 못한 사람이 주로미에게는 있었다.

김두찬이 그걸 물었다.

"근원이는? 여전히 너 해바라기던데, 그냥 그렇게 희망 고문시킬 거야?"

"아니."

주로미는 바로 대답했다.

홍근원에 대해서도 충분히 생각하고 마음을 정한 모양이었다.

그렇지 않고서야 이토록 망설임 없이 대답할 수는 없었다.

"두찬아. 네 말 듣고 보니까 정말 그런 것 같아. 이미 내 마음은 다 정리된 거고, 그걸 말해주고 싶었던 게 아닐까 싶어. 그리고 그게 가능했던 건 몇 번을 곱씹어 생각해 봐도 근원이 덕분이야. 근원이가 늘 곁에 있어줬으니까."

그만큼 홍근원은 주로미에게 큰 존재가 되었다.

굳이 말하지 않아도 김두찬 역시 그걸 알 수 있었다.

"방금 한 그 말, 근원이한테도 들려줘."

"응. 그러려고. 나는 짝사랑이라는 감정에 많이 아파하다 쉽게 지쳤는데, 근원이는 한결같아. 이제… 그 마음에 보답해 주고 싶어."

홍근원에 대해 흐지부지했던 마음 역시 명료해졌다.

김두찬과의 관계를 친구 사이로 돌린 지금, 홍근원에게 자신의 마음을 표현하겠다는 생각만으로도 주로미의 가슴엔 잔잔한 설렘이 일었다.

김두찬이 앞에 놓여 있던 복숭아 아이스티를 단숨에 빨아 마셨다.

쪼르르르륵!

"시원하다. 이제 얘기 끝난 거지?"

막 일어서려는 김두찬에게 주로미가 검지를 세워 보였다.

"하나 남았어."

"응? 뭐?"

"그냥 여자 입장에서 불안해서 그러는 건데… 미연 씨, 자주 챙겨주고 있어?"

"어?"

"보통 연애하는 사람들 보면 아무리 바빠도 하루에 몇 번씩 메시지 보내고, 전화 통화도 하고 그러잖아. 그런데 내 착각일지 모르겠지만 두찬이 넌 학교에서 미연 씨랑 전혀 연락을 안 하는 것 같아."

"그거야… 미연 씨도 바쁘니까……."

주로미가 고개를 절레절레 저었다.

"바빠도 그런 사소한 표현이 여자의 마음을 설레게 하는 거야. 너 정말 아무것도 모르는구나? 하긴 두찬이 너도 연애를 언제 해봤어야 알지."

"그건 그런데… 로미, 너도 연애 못 해봤잖아. 어떻게 알아?"

"연애하는 건 아니지만 날 항상 생각해 주는 사람이 있다는 기분에 잔잔한 설렘을 자주 받았었어."

"아… 근원이."

홍근원은 주로미에게 늘 먼저 연락하고 챙겨줬다. 그게 주로미는 미안하면서도 고마웠다.

"미연 씨는 분명 작은 거에 토라지거나 화내지는 않겠지. 멋진 여자니까. 하지만 아무리 멋져도 결국 여자야. 자기 자신보다 일을 더 사랑하는 남자한테는 결국 지치게 될지도 몰라."

김두찬은 지금껏 자신이 정미연과 성숙한 연애를 하고 있다고 생각했다.

서로를 구속하지 않고, 서로의 일에 방해되지 않는, 건강한 연애를 하고 있다고 믿었다.

그런데 장대찬도 주로미도 그런 김두찬의 연애가 불안해 보인다는 말을 하고 있었다.

잠시 생각에 잠겨 있던 김두찬이 천천히 고개를 끄덕였다.

"알겠어, 로미야. 걱정해 줘서 고마워."

"오지랖이었지 뭐. 괜한 말한 건 아닌가 모르겠네. 너무 나서서 미안."

"아니, 전혀. 곧 강의 시작하겠다. 들어가자."

김두찬이 몸을 일으켰다.

"응."

주로미가 웃으며 그를 따라 일어섰다.

두 사람이 떠나고 난 자리엔 누구의 아쉬움도 묻어 있지 않았다.

*   *   *

자정이 넘은 시간.

정미연은 일에 녹초가 된 몸으로 잠실 사무실로 돌아왔다.

마저 정리를 해야 할 일이 있었기 때문이다.

마음 같아서는 당장 집으로 돌아가고 싶었다.

하지만 오늘 일을 내일로 미루면, 내일은 두 배, 세 배로 힘이 든다.

남은 일을 마무리하고 스마트폰을 보니 새벽 1시였다.

그녀는 버릇처럼 메시지함을 열어 새로운 메시지들을 확인했다.

총 28통의 메시지 중 김두찬에게 온 것은 없었다.

'바쁘겠지.'

한창 이런저런 일로 정신없는 사람이다.

자신까지 김두찬에게 부담이 되기는 싫었다.

게다가 정미연 본인도 일에 파묻혀 연락 한 번 못 했다.

가끔 화장실에 갈 때 문자라도 보내볼까 했지만 그만두었다.

문자 하나 보낼 시간에 자기 일을 하는 게 김두찬에게는 더 나을 거라는 생각에서였다.

그만큼 정미연은 김두찬을 생각해 주는 여자였다.

하지만 그럼에도 불구하고 조금씩 아쉬운 마음이 드는 건 어쩔 수 없었다.

"아니야."

정미연이 고개를 휘휘 저었다.

이런 일로 아쉬워하면 나중에 그 감정이 커져서 서운함으로 바뀐다.

그때부터는 감정의 골이 커지고 둘의 사이에 금이 갈지도 모를 일이었다.

정미연은 김두찬에 대한 생각을 애써 한편으로 밀어버리고 귀가를 서둘렀다.

그녀가 건물에서 나와 주차장으로 내려갔다.

그리고 며칠 동안 세워둔 자신의 차로 다가가려던 찰나.

빵!

경적 소리와 함께 주차되어 있던 차 한 대에서 누군가가 내렸다.

그 사람의 얼굴을 본 정미연의 얼굴이 밝아졌다.

"두찬 씨!"

김두찬이 정미연에게 다가가 그녀를 꽉 끌어안았다.

정미연도 김두찬의 품에 안겨 가슴에 얼굴을 파묻고 물었다.

"어쩐 일이에요? 연락도 없이."

"보고 싶어서 왔어요."

김두찬의 대답에 정미연이 의외라는 듯 그를 쳐다봤다.

"이런 적 없었잖아."

"그랬는데 이제부터는 이렇게 하려고요."

"갑자기?"

"네, 갑자기 많은 생각이 들었어요. 바쁘다는 이유로 연락 자주 못 했던 것도, 이렇게 말도 없이 찾아온 적 없었던 것도 미안해요. 앞으로는 더 소중하게 대하고, 생각할게요."

"지금 멘트 엄청나게 닭살 돋는데……."

"아, 그런… 가요?"

김두찬이 당황하자 정미연이 피식 웃으며 그의 뺨에 입술을 맞췄다.

쪽!

"근데 싫진 않네."

"하하… 미연 씨 많이 피곤하죠?"

"조금 전까지는 그랬는데 지금은 피곤이 싹 달아났어요. 왜? 어디 데리고 가려고?"

"나랑 영화 촬영장 가볼래요?"

"몽중인?"

"오늘 새벽까지 촬영 있거든요. 가서 촬영장 구경 같이 하면 어떨까 싶어서요. 그리고… 배우분들한테 인사도 시켜주고……."

그렇게 말하는 김두찬을 정미연이 알 수 없는 표정으로 바라봤다.

그에 괜한 얘기를 꺼냈나 싶었던 김두찬은 얼른 말을 덧붙였다.

"싫으면 가지 않아도 돼요."

"아니, 갈래."

"괜찮겠어요?"

"응. 나, 두찬 씨한테 언제쯤 이런 얘기 들어보나 싶었거든. 생각도 못 했죠?"

입이 열 개라도 할 말이 없었다.

김두찬은 미안한 얼굴로 그저 고개만 끄덕였다.

장대찬과 주로미의 얘기가 모두 맞았다.

아무리 어른스럽고, 멋지다고 해도 결국 정미연은 사랑하는 남자에게 사랑받고 싶은 여자였다.

"그동안 미안했어요."

"사과까지 할 일은 아닌 것 같아. 방법을 잘 몰랐던 것뿐이니까. 그래도 난 지금 이렇게 사랑하는 방법이 더 좋아요."

정미연이 웃었다.

김두찬도 덩달아 웃었다.

"나도 그런 것 같네요. 그럼, 갈까요?"

"응."

김두찬은 정미연을 자신의 차에 태우고 주차장을 빠져나갔다.

오늘따라 도시의 밤거리가 다른 날보다 예쁘고 아름다웠다.

정미연은 창문을 내려 밤공기를 만끽했다.

밤바람에 흩날리는 그녀의 머리카락이 몽환적으로 다가왔다.

김두찬도 똑같이 창문을 내리고 액셀을 강하게 밟았다.

세찬 바람은 두 사람의 머리카락을 마구 헝클어뜨렸다.

정미연과 김두찬은 어린아이처럼 웃음을 터뜨렸다.

"두찬 씨!"

정미연의 목소리가 바람을 뚫고 들려왔다.

"네!"

"나 사랑해?"

이렇게 유치한 상황에서 유치하기 짝이 없는 질문이었다.

그러나 김두찬은 마냥 좋았다.

"사랑해!"

그가 거침없이 대답했다.

그러자 정미연에게서 바로 같은 대답이 돌아왔다.

"나도 사랑해!"

김두찬의 가슴 속이 뻥 뚫리는 것 같았다.

그동안 그는 성숙한 사랑을 하고 있다고 여겼다.

그것이 가장 이상적이라고 생각했다.

하지만 사랑은 조금 유치해도 괜찮았다.

*　　　　*　　　　*

김두찬과 정미연이 촬영장에 도착했을 때, 배우들은 마침 휴식을 취하고 있었다.

방금 전 촬영을 끝낸 신에서는 배우들의 감정 소모가 컸다.

때문에 다음 신을 촬영하기 전에, 마인드 컨트롤할 시간을 준 것이다.

하지만 전 신에서의 여운이 너무 커서 주연 배우들이 영 헤어 나오지를 못하고 있었다.

그때 타이밍 좋게도 김두찬이 도착해 주변을 환기시켜 주었다.

예몽진 감독을 비롯, 주조연 배우들과 스태프들이 김두찬을 반겼다.

김두찬은 정미연을 자신의 여자 친구라며 모두에게 소개시켜 주었다.

몇몇은 정미연과 구면이었고, 다들 두 사람의 연애에 대해서는 이미 매스컴을 통해 전해 들은 터였다.

하지만 이렇게 정식으로 소개를 받은 건 처음이었다.

"와, 진짜 예쁘다."

"연예인 해도 되겠는데, 저 언니."

"미연 씨, 오랜만. 지금 얘들이 내 옆에서 엄청 속닥거리고 있는 거 알아? 미연 씨 예쁘대."

정미연은 김두찬이 소개하자마자 금방 사람들에게 둘러싸였다. 여러 사람들 틈에서 인사를 주고받는 그녀를 김두찬이 한 발짝 떨어져서 흐뭇하게 지켜봤다.

"김 작가님!"

그런 김두찬에게 다가온 정태조가 반갑게 악수를 청했다.

김두찬이 악수를 받아주며 물었다.

"정 배우님. 촬영 어때요?"

"말도 마세요. 생각했던 것보다 더 어려워요. 그래도 캐릭터랑 스토리가 워낙 매력적이라 즐겁습니다. 하하."

"다행이네요. 이제 삼분의 일 정도 촬영한 건가요?"

"네. 아마 12월 말이나, 내년 1월 초쯤이면 촬영 끝날 것 같아요."

그리 말한 정태조가 주변의 눈치를 살피고서는 김두찬에게 귓속말을 건넸다.

"제가 이렇게 무사히 촬영할 수 있었던 건 전부 김 작가님 덕분입니다. 언제든 제가 도울 일 있으면 꼭 말해주세요. 두 팔 걷어붙이고 물심양면으로 도와드릴게요."

정태조는 진심이 가득 담긴 얼굴로 자신의 가슴을 탕탕 두들겼다.

그때 김두찬의 눈앞에 시스템 메시지가 나타났다.

[정태조와 합작을 하게 됐습니다. 같은 분야에서 일을 하는 사람으로 사단 영입이 가능하나, 신뢰도가 80이 넘어야 합니다.]

'역시!'

김두찬의 예상은 적중했다.

사실 저 '같은 분야'라는 부분이 조금 걸렸었다.

여태껏 김두찬은 출판과 관련된 이들을 사단으로 받아들였다.

때문에 출판 쪽만 같은 분야라고 인정되는 게 아닌가 싶었다.

아니었다.

이번 퀘스트는 대중 예술의 모든 분야들을 아우르고 있었다.

김두찬이 속으로 쾌재를 부르고 있자니 또 다른 메시지가 나타났다.

[정태조의 신뢰도가 80을 넘었습니다. 정태조를 김두찬 님의 사단으로 영입할 수 있습니다. 그를 사단으로 인정하시겠습니까? YES/NO]

'예스.'

[정태조는 김두찬 님의 사단이 되었습니다. 그는 절대로 김두찬 님을 배신하지 않을 겁니다.]

[김두찬 사단을 만들어라: 4/4─서로아, 주화란, 채소다, 정태조.]

[보너스 보상: 로나의 복귀]

[퀘스트를 완료했습니다. 보너스 포인트 1,000이 지급됩니다. 보너스 보상이 지급됩니다. 로나가 휴면 상태에서 깨어납니다.]

시스템 메시지와 함께 김두찬의 오른 손등에 있던 세 번째 하트 조각이 붉게 물들었다.

그리고.

'로나… 내 말… 들려? 로나?'

—두찬 님.

'로나!'

—반가워요.

로나가 깨어났다.

『호감 받고 성공 더!』 8권에 계속…

초대형 24시 만화방

신간 100%, 샤워실, 흡연실, 수면실(침대석), 커플석, 세탁기 완비

▪ 시흥 정왕25시점 ▪

경기 시흥시 정왕동 1742-13 미스터피자 건물 5층
031) 319-5629

▪ 강북 노원역점 ▪

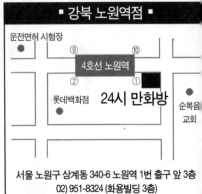

서울 노원구 상계동 340-6 노원역 1번 출구 앞 3층
02) 951-8324 (화용빌딩 3층)

▪ 일산 정발산역점 ▪

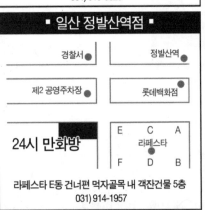

라페스타 E동 건너편 먹자골목 내 객잔건물 5층
031) 914-1957

▪ 일산 화정역점 ▪

경기도 고양시 덕양구 화정동 984번지 서일빌딩 7층
031) 979-4874 (서일사우나 건물 7층)

▪ 부천 역곡역점 ▪

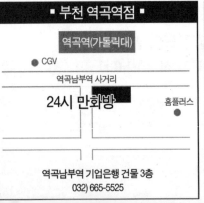

역곡남부역 기업은행 건물 3층
032) 665-5525

▪ 부평역점 ▪

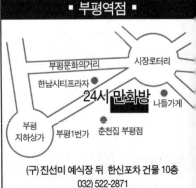

(구) 진선미 예식장 뒤 한신포차 건물 10층
032) 522-2871

전생부터 다시

FUSION FANTASTIC STORY

홍성은 장편소설

죽음으로 모든 걸 끝내고 싶지 않아
인간으로 환생하게 된 대마법사, 로렌 하트.

그러나 알 수 없는 괴물의 등장으로 인해 인류가 멸망해 버리고
홀로 살아남은 그는
고독과 외로움에 다시 한 번 더 환생을 결심하는데……

하지만 현생을 반복하는 것만으로는 의미가 없다.
시간을 되돌려 대마법사가 되기 전의 시절로 되돌아갈 것이다!

대마법사 로렌 하트, 전생부터 다시 시작한다!

Book Publishing CHUNGEORAM

유행이 아닌 자유추구 -
WWW.chungeoram.com

탑 레시피가 보여!

FUSION FANTASTIC STORY

레오퍼드 장편소설

잔혹한 음모에 휘말려 모든 걸 잃은
칼질의 고수, 요리사 강호검.
그의 앞에 두 가지 기적이 벌어졌으니!

"내 손… 하나도 안 떨잖아……"

인생의 전성기로 되돌아온 그와
그의 앞에 나타난 기물(奇物), 요리사의 돌!

"네가 최고의 요리사가 되는 것이
이 아버지의 꿈이란다."

돌아가신 아버지와 자신의 꿈을 좇아
그가, 세계 최고의 자리로 향하기 시작한다.

Book Publishing CHUNGEORAM

유행이 아닌 자유추구 —
WWW.chungeoram.com